W0311241

LA HIDEUSE

REINE BELLIVIER

LA HIDEUSE

Enquête

CHRISTIAN BOURGOIS ÉDITEUR

Reine Bellivier est représentée par l'Agence Trames.

© Christian Bourgois éditeur, 2025

ISBN 978-2-267-05535-1

à Paulette, Claire et Reine Marguerite

« J'ai fait de mon âme ma maison. Je trompe l'existence avec mon âme. C'est, vous le comprenez, une autre partition que mari et amant. » Marina Tsvetaeva.

*

Il ne reste rien de cette histoire qu'un vide immense autour d'un acte impardonnable et de quelques on-dit. Deux ou trois remarques saisies au vol il y a bien des années et répétées par des témoins indirects. De tes intentions, je ne sais rien. Quel a été ton chemin silencieux, celui qui circule comme un courant souterrain parmi les heures de solitude et de labeur répétitif ?

J'essaie pourtant de retrouver où cela commence. Pour y arriver – ou y revenir ? –, je traverse de nombreux villages, étirés de part et d'autre d'une nationale. Ils forment un couloir tapissé de volets clos et de crépis noircis. Au feu rouge, les fenêtres laissent filtrer, à travers la dentelle, la lumière bleue d'un écran. Je devine un salon sombre, des carrés de moquette protégeant les tapis au pied des fauteuils, quelques enveloppes administratives attachées par un élastique sur le coin du buffet. Le silence se tisse autour de la musique du poste, du tic-tac d'une pendule.

Les rares passants marchent d'un air déterminé sur les trottoirs étroits. Ils paraissent enfermés dans un monde tout en longueur qu'ils arpentent dans un sens puis dans l'autre, avant de disparaître dans un tintement de porte.

Ça n'est jamais l'été et jamais l'hiver non plus, mais un entre-deux plutôt doux qui colore ces paysages d'une familiarité anesthésiante, comme étaient familiers de ces mêmes bords de route, dans mon enfance, les corps de lapins percutés par les voitures. Cela semblait relever d'un certain ordre des choses face auquel il m'a toujours paru déplacé de détourner les yeux.

Comment continuer ? C'est moi qui choisis le chemin à emprunter et ce choix est vertigineux.

Je vois défiler les bourgs, les coteaux, l'eau qui serpente, les arbres lavés de vert, les zones artisanales, les châteaux perchés, une rivière couleur de boue et même des haies d'aubépine. J'ai parfois le temps, avant de changer de décor, de me représenter la douceur qui succédera à l'humidité de la rosée ici, l'odeur de l'herbe fermentée là.

Où es-tu ? Tu viens d'un monde où les routes se parcouraient à pied, surtout dans les milieux modestes. Ou à vélo. Il possède des chemins de traverse par les champs, pleins d'ornières. Le paysage s'y déploie avec ampleur, dans toutes les directions. Pour en dessiner une carte détaillée, il faudra mettre mes pas dans les tiens. Et comme les prés ont refermé leurs bras verts sur ton sillage depuis longtemps, masquant jusqu'à ta fuite, il faudra que je repère les braises des ponts que tu as brûlés. Je vais commencer par les circuits dont je me souviens. Une demi-heure pour aller des faubourgs à l'usine, une demi-journée pour aller visiter les grands-parents, une bonne heure pour rejoindre le bal le dimanche.

PARTIE I

Marguerite

Il a quitté la maison de bonne heure ce matin-là, l'esprit à l'aventure, laissant sa mère aux poules dans la cour. Le soleil bien en place, la journée à dérouler, assez d'argent en poche pour offrir quelques douceurs. Que se passe-t-il dans la tête d'un garçon de vingt ans ? Les livres sont pleins de cela. Est-ce très différent de ce qui se passe dans celle d'une fille ? L'esprit comme un petit oiseau sifflotant borné par la minute qui suit, la colère coulée sous la peau comme le bronze autour de l'âme d'une statue, l'optimisme chevillé, la camaraderie pour vertu cardinale, un océan de sérieux et de résignation, l'anticipation joyeuse de l'inévitable cours des choses…

Il doit donc prendre le chemin du dimanche, croiser la Marcelle qui discute avec une voisine. *Bonjour, qu'est-ce que tu fais par ce beau temps ? J'allais au bal. Ben je t'accompagne.* Et c'est parti bras dessus, bras dessous. En chemin, des nouvelles des uns et des autres. Du soleil, des parents. Un compliment sur la robe jaune, même si la Marcelle n'est pas très jolie, car il a le cœur tendre et il aime les filles, en général.

Je pense qu'il t'a vue de loin. Ta silhouette solide et hésitante lui est inconnue. Elle se détache, très droite, en haut de la côte, probablement dans une robe bleue. Des souliers plats, fatigués mais surmontés de chaussettes bien blanches, t'ancrent au panorama, tandis que la masse brune de ta chevelure semble attirée par les masses aussi mousseuses des nuages. Je suis sûre que tu lui fais tout de suite une forte impression. C'est en arrivant à ta hauteur qu'il voit que tu pleures. Tu te détournes probablement en répondant au salut curieux de Marcelle. Puis, hors de portée de voix, tu devines ce qu'elle lui dit. C'est la Marguerite, une fille de Saintes. Elle travaille comme fille de ferme. Et puis chez elle, elle a bien du malheur. Là c'est joué, il le sait sûrement. À cet instant s'allume une petite lumière familière dans son esprit, mais aussi un malaise inédit qui le trouble d'autant plus et qui va bientôt tout éclairer différemment. Il aurait pu te recroiser quelques jours plus tard, mais je préfère croire que c'est l'après-midi même, à la buvette du bal, qu'il t'offre un verre de limonade. Tu es seule et tu as l'air d'avoir atterri là sans savoir pourquoi, à la recherche d'un refuge. De près, tu as une beauté sérieuse, qu'un sourire illumine comme une gloire. Une allure folle à peine atténuée par des joues encore très rondes.

*

Pourquoi l'épouses-tu ? Tu dois être épuisée de ton enfance laborieuse, de garder l'œil sur la fourche pour repousser les patrons trop entreprenants, de te rabattre sur les patates des cochons pour compléter tes dîners. La perspective d'un foyer à toi, la confiance dans ta propre force pour relever la tête ? Un homme simple que l'on pourrait pousser. Est-ce qu'il a été moins courageux que prévu ? Est-ce que ton orgueil était trop grand ?

*

Lecture de ce matin : « De ces femmes qui constituaient la moitié de l'humanité préhistorique, peu de choses nous sont objectivement connues et ces questions doivent être abordées avec toute la prudence nécessaire à l'approche d'une réalité lointaine, qui ne se livre à nous que par traces, par bribes, et pour laquelle nous n'avons que peu de possibilités de vérification. Il est indispensable de se livrer à un examen critique des préjugés, des constructions idéologiques et des interprétations, avant de tenter de faire le point sur les données connues et sur ce que nous pouvons savoir aujourd'hui des rapports entre les sexes dans les sociétés préhistoriques » (Claudine Cohen, *Femmes de la préhistoire*).

Il faudra donc œuvrer en préhistorienne.

Je suis descendue dans un vieil hôtel du centre-ville de Lusignes. C'est étonnant à quel point peu de choses ont changé ici. Dans ma chambre, je rouvre la boîte que j'ai apportée. À l'intérieur, il y a cette photo. Petite et dentelée, bien sûr. Un jeune couple prend la pose, brun, bouclé. Lui, le Premier, est debout, toi, tu es assise sur la roue d'une charrette, jambes croisées, élégante, sûre de toi. Le sourire naturel et le regard vif. Ce sont peut-être vos fiançailles.

Derrière vous, on devine, sous les taches d'humidité, le toit de tuiles d'une modeste maison. Une hutte de sorcière à l'orée d'un bois, me semble-t-il. Cela a beau être les années 1940, l'immédiat après-guerre, je me suis toujours imaginé cet espace comme un Moyen Âge de conte. Peut-être à cause de ce parent (grand-oncle, cousin, je ne sais plus) qui avait une tuilerie au fond des bois, dans une clairière fumante, et à qui on rendait visite toutes les deux.

*

Ce matin, il y a un gros fagot dans la cour. Qui l'a ramassé et laissé là, sous la pluie ? Il n'a pas pu être roulé jusqu'ici par le vent de la veille. Vu de la fenêtre, dans le jour blanc, il te semble énorme et incongru. Quelqu'un serait venu, cette nuit, assembler une offrande de petit bois comme un présage indéchiffrable ?

Il est encore plus volumineux qu'il n'en avait l'air. Aucune main humaine n'a tricoté ces brindilles en une boule savante au centre de laquelle pèse une solide coque de terre maçonnée. Auprès, deux petits œufs bleus répandent leur contenu sur l'herbe.

Sous le rire mécanique des pies, tu traînes avec précaution l'énorme boule jusqu'au pied d'un arbre encore nu, ne sachant qu'en faire mais répugnant à l'abîmer. Auront-elles le temps de rebâtir leur nid au sommet du grand pin avant le printemps ? Tu resserres les pans de ton chandail de tous les jours et tournes le dos au bois et au vent avant de refermer la porte.

Est-ce que je me souviens de l'intérieur de la maison ? Si je ferme les yeux, il ressemble lui aussi à la chaumière des histoires. Le plafond coiffe bas les fenêtres, celle au-dessus de l'évier, qui donne sur la cour puis le bois, et celle de la chambre qui donne sur le pré. Est-ce le bas-relief estompé de la plaque de la cheminée ou sa crémaillère noircie qui convoque la soupe trop chaude de Boucle d'Or ? Le mobilier en bois simple se pare, dans mon esprit, de nœuds et même de branchettes feuillues, comme la table des frères cochons ou celle des sept nains. Mais il y faisait plus probablement humide et sombre. Je revois aussi le salpêtre boursoufler les murs chaulés et l'air froid enserrant la porte faire vaciller la flamme dans l'âtre.

Ce dont je suis sûre, c'est qu'il y a une grande chaise longue en osier qui prend tout un angle, où pend un châle en crochet noir que tu as dû confectionner dès les premières semaines de ton installation.

Vous vous apprivoisez alors sûrement encore, avec le Premier. Mais vous devez déborder d'énergie enthousiaste pour la maisonnette, votre foyer à construire. Vous y passez vos journées, pourquoi pas ? Tu reblanchis tout pendant qu'il clôture la cour pour y mettre des poules. Tu insistes pour planter une vigne au pied du portillon et il construit une treille au-dessus, pour qu'elle puisse grimper et former une arche verte à la gloire de l'été. Bidons placés sous les gouttières, potager délimité, vous mettez en place toute une économie du quotidien. Le soir, avant qu'il rentre en laissant ses sabots de caoutchouc sur le seuil, je sais que te gagne le terrible sentiment de satisfaction de la bonne petite maîtresse de maison qui contemple son foyer propre et organisé, la marmite fumant sur le gaz, et qui songe à ses placards rangés, à ses rideaux cousus et posés avec soin, ses draps brodés bien tirés, chaque chose à sa place dans un désordre harmonieux.

Ce bas de pré, s'il a résonné de rires ou du silence affairé de chacun, je n'en sais rien. Il a bien dû y avoir des jupons troussés à la va-vite, au jardin ou dans l'appentis. Avec quel abandon ou quelle résignation, je l'ignore aussi. Je pencherais pour une sorte d'indifférente bienveillance, masquée sous des petits rires, au début, suivie de la brève sensation du dédoublement de soi puis, peut-être, de la satisfaction de faire ce que les couples font, d'être entrée dans l'ère de la normalité. La guerre est terminée. Le Premier est envoyé faire son service militaire, puisqu'il vient d'avoir vingt et un ans, dans une caserne lointaine où il gardera des prisonniers allemands.

Tu plonges alors dans une solitude nouvelle, dont je suis persuadée que non seulement elle ne te pèse pas, mais qu'elle est jubilatoire. Tu y prends un goût démesuré.

Si rien n'est tangible dans cette histoire, autant me fier au hasard, aux intuitions. J'ai si peu d'indices que j'ouvre des livres entassés depuis longtemps, presque à l'aveugle, au moment où ils m'attirent. Et ils résonnent comme des réponses à mes questions. Cette méthode en vaut bien une autre quand il s'agit d'enquêter sur l'insaisissable.

*

Lu hier soir : « Je fais des paysages de ce que j'éprouve. Je m'offre des vacances par mes sensations. Je comprends parfaitement les femmes qui font de la broderie par chagrin, et celles qui font du crochet parce que la vie existe. [...] Vivre c'est faire du crochet avec les intentions des autres. Toutefois, pendant ce temps, notre pensée reste libre, et tous les princes charmants peuvent se promener dans leurs parcs enchantés, entre deux passages de l'aiguille d'ivoire au bout recourbé. Crochet des choses... Intervalles... Rien... » (Fernando Pessoa, *Le Livre de l'intranquillité*).

*

J'ai retrouvé beaucoup de linge que tu as dû broder à cette période, de pleines armoires de nappes ajourées, de draps semés de fleurs blanches et de lettres entrelacées. Dans le silence des premiers temps, tu constitues un trousseau a posteriori, que personne n'a pris la peine de te confectionner. C'est déjà une pratique surannée mais tu as une idée en tête, j'en suis sûre. Il faut tant d'heures patientes pour dessiner ces merveilles à l'aiguille qu'il s'agit de bien plus qu'une rêverie. Ce ne peut être que le support de grands projets, un plan pour faire mieux, ailleurs. Nul prince, donc, dans ton parc enchanté, mais sûrement, du moins à cette époque précoce, des fantasmes de parquets cirés, de hautes fenêtres encadrées de lierre, de manteaux boutonnés sur un rang de perles, de gants couleur beurre-frais et de bonjour, madame.

Toute ma petite enfance, j'ai trouvé à ma place à la table du petit déjeuner une grande tasse à fond plat où refroidissait un thé amer, recouvert d'une pellicule qui se craquelait lorsque je la portais à mes lèvres. Je n'ai jamais rencontré cela que dans la cuisine de ma mère.

*

Un bol fumant est posé devant la fenêtre. Il contient un morceau de ciel qu'un oiseau traverse. Sans le voir, tu vas et viens devant l'évier. Le silence qui t'enveloppe, où résonnent le frottement de tes mules chinoises, les chocs clairs de la vaisselle posée dans l'égouttoir, est ta musique préférée. Ton ombre glisse sur la chaise longue. La blouse juste retirée est jetée sur un dossier. Tu serres ton sac à main sous ton bras et fermes la porte. Le ciel s'est dispersé en confettis irisés à la surface du thé froid.

Les peupliers balaient le beau jour frais. Je te vois couper à travers le pré, creusant un sillon mou dans la luzerne. Tu te perds dans l'air vif, ta tête se déploie aux dimensions du ciel, tu te débarbouilles avec les rayons du soleil. Tu flottes comme les cœurs blancs sur la croupe des chevreuils en fuite. Ou alors, tu es perdue en toi-même, ton esprit avançant au rythme de tes franches enjambées, tel un train royal pour la croisade. Rien ne te rappelle au monde sauf, au bout d'un moment, le chuintement de la terre qui s'expanse comme une éponge après chacun de tes pas et te fait t'arrêter un instant, te croyant suivie. Mais non. Puis, tout près, un frémissement. Tu t'arrêtes de nouveau et te retournes dans un même élan, le souffle suspendu. Tes oreilles, comme des cornes gigantesques, avalent la brise, les trilles d'oiseaux, le gargouillis de la terre. Et dans tes yeux s'engouffrent le vaste ciel et quelques milliers de feuilles mobiles. Rien ne t'alarme encore. À peine le sol te devient-il plus grouillant, les aboiements au loin, plus lointains encore. Tu repars, taciturne et glacée. Puis, soudain, un tremblement. Un buisson s'est agité. Une silhouette noire a ondulé et a disparu sous les branches. Est-ce qu'un nuage a jeté une ombre trompeuse ? Tu reprends ton chemin d'un pas rapide. Tu dois enjamber d'énormes limaces tigrées, toujours plus nombreuses. Tu butes parfois dans la terre mouillée. La fraîcheur se glisse sur tes chevilles. Un lièvre détale à tes pieds dans un martèlement qui t'arrache un cri.

Ce soir-là, de retour du bourg où tu as passé la journée à garder des enfants ou faire des ménages, tu retrouves un vallon déjà sombre. Je crois que, pour la première fois, tu n'as pas envie de rentrer. Tes pensées s'affolent, cognant contre deux écueils, la terreur de rentrer et l'impossibilité de fuir. Tu évites de regarder les fenêtres noires, où tu redoutes de voir bouger une ombre. S'ouvre alors un vide en toi où tu n'étais pas tombée depuis longtemps, comblé croyais-tu par la rencontre avec le Premier et où tu pensais ne plus tomber. Ton esprit y valse avec la panique, à la recherche d'un repère, quel qu'il soit.

Cela ne dure qu'un instant. L'humidité du soir, le gloussement des poules qui regagnent leur perchoir et la vue d'un rectangle blanc glissé sous la porte, comme des harpons minuscules, te halent jusqu'au seuil. Quand tu t'empares de l'enveloppe, phosphorescente à cette heure brune, le vide s'est refermé tout à fait. Tu pèses lourd dans tes souliers, le dos tourné à la nuit tombante.

Je franchis le seuil avec toi. Comme si tu avais senti mon souffle sur ta nuque, tu te retournes une dernière fois vers les silhouettes bleues du bois avant de refermer la porte. Tu te tiens debout devant la table, masquant la clarté de l'ampoule vers laquelle tu t'inclines, ton sac encore pendu au creux de ton coude. Ton dos s'élargit à chaque respiration. Tes pieds se déchaussent l'un l'autre, machinalement. Les frisottis échappés de ta coiffure défaite dessinent une auréole autour de ta tête penchée. Tes bras s'agitent un peu, l'enveloppe déchirée tombe sur la table. Sur tes mollets immobiles s'estompe une ligne verticale dessinée au crayon. Soudain, tu es ailleurs, tu as déjà enfilé ta blouse et tes pantoufles, les flammes bleues dansent sous une casserole et tu souffles sur le petit bois dans la cheminée. Là où tu te tenais concentrée, à l'instant, il ne reste qu'un rond de lumière sur la table et une photo dépassant de l'enveloppe ouverte.

J'ai commencé l'*Histoire des mères et de la maternité en Occident* d'Yvonne Knibiehler : « Quand son sang marquait son linge, la fille commençait à marquer son trousseau. Le linge, linge de corps, linge de maison, accompagnait les fonctions féminines, au lit, à table, à la toilette. Confectionner un trousseau, c'était méditer sur le corps et sa destination ».

*

J'essaie de prendre la mesure du silence et de la solitude mais je me trompe sûrement, car ni l'un ni l'autre n'existent en soi. Il y a seulement le sentiment du silence et celui de la solitude, et je ne pense pas qu'ils t'aient habitée beaucoup à ce moment-là.

*

La soirée, comme toutes les autres, sera trop courte. Une fois assise devant la casserole de soupe où tu as coupé du pain sec, tu ressors la petite photo de l'enveloppe. Appuyé contre le pichet, face à toi, le Premier, torse nu planté dans un vaste pantalon et d'immenses bottes en caoutchouc, se retourne pour te sourire. Ses canines dégagées lui donnent un air carnassier, alors qu'une de ses mèches crantées vole, verticale. Il a interrompu une partie de pêche à marée basse pour suivre des yeux ta cuillère qui monte et descend, finissant par heurter l'aluminium de la casserole. Un coup d'éponge le fait tomber sur la table. Il ne voit plus que le plafond où pend la lampe à contrepoids du grand-père. Le rotin de la chaise craque. Tu dois t'installer devant le feu et recouvrir tes jambes du châle noir. Te voilà prête à tailler ton chemin dans le vaste chef-d'œuvre que tu t'es imposé. Il ne s'est jamais interrogé, lui, sur ce trousseau démesuré par sa richesse et son ampleur. Cette entreprise demeure aussi difficile à interpréter que les mains négatives peintes au fond des grottes préhistoriques. Mais, tout comme ces peintures premières, elle témoigne incontestablement de l'existence d'un dessein précis. Tu ne trompes pas l'attente de son retour en tissant une interminable tapisserie. Tu brodes, inlassable, des kilomètres de jours Venise, qui ressemblent tant à des voies ferrées, sans un regard dehors pour vérifier si le soleil rougeoie ou si la poussière se soulève à l'horizon. Alors que tu parcours furieusement ces étendues blanches, encordée à ton aiguille, il n'y a plus de silence. Les conversations que tu tiens dans ces contrées enchantées font suffisamment de bruit pour couvrir le frottement irritant du dé à coudre.

Les braises sont presque noires dans le foyer. Tu prends soudain conscience du froid dans ton dos, de l'obscurité. L'espace se déploie autour de toi. Tu reposes tes pieds sur le sol en regrettant l'absence d'un chat qui irait s'étirant vers la porte après avoir été délogé. Par son désir impérieux de sortir, à cette heure où se réveillent les peurs, il dépouillerait la nuit de ses menaces et la restituerait à la lune et aux petits animaux familiers. Tu replies vaguement ton ouvrage là où tu le reprendras demain et barres la porte sans regarder à travers les carreaux. Tu ne veux pas prendre le risque d'y voir, derrière ton propre reflet, une silhouette noire se détacher sur la nuit dont tu ignores maintenant si elle te terrorise ou si elle t'appelle.

Tu n'as pas peur la nuit. Tu ne te l'autorises plus. Cependant, en te glissant dans les draps froids bordés, comme tu aimes, si serrés que tu peux à peine bouger, tu commences à vagabonder aux côtés d'idées bien enfouies. Tu repenses d'abord à un personnage à tête de rat, monstre qui a hanté tes nuits lorsque tu couchais, fillette, près du grenier à la ferme du Puy. Tu chantais alors en t'endormant pour ne pas écouter les froissements autour de toi. Il t'était apparu dans la cuisine, sur la page abandonnée d'un journal illustré, et s'était imprimé comme à l'emporte-pièce dans ton cerveau encore mou, plus nettement que s'il avait fait partie du défilé incessant d'hommes et de femmes qui passaient là porter ou prendre des nouvelles. Il surnageait parmi le flot ininterrompu d'histoires sordides ou édifiantes qu'on déversait à toute heure dans la vapeur des casseroles, au-dessus de ta tête d'enfant à qui on ne prêtait pas plus attention qu'aux bêtes.

Faucheuse, esprits sans repos, prédateurs féroces, tes vieux compagnons te veillent ce soir alors que tu n'oses plus bouger. Tu retrouves leurs contours cent fois entrevus au cours d'une enfance à laquelle on n'épargnait presque rien, surtout pas d'accomplir une corvée quelconque, de préférence à la nuit tombée. Tout s'estompe. Dans un sursaut, tu te demandes dans quel lit tu te trouves, cherches à reconstruire la géographie de la chambre puis sombres à nouveau.

C'est l'été de tes huit ans, chaque soir tu vas chercher votre vache au pré, avec ton cousin. Ensemble, vous suivez un chemin pierreux qui monte parmi des jardins. Les voisines, occupées à ramasser du poireau pour la soupe, vous saluent par-dessus les murets.

Au sommet de la colline, vous embrassez l'heure dorée sur les champs familiers et le ruisseau avant de redescendre sur l'autre versant. Le sentier longe un bois de noisetiers toujours sombre, dont l'allée est fermée par un portillon. Au creux du val, un escalier de pierre meurt parmi les ronces où vibre une fontaine oubliée, pleine de têtards. Des toits émergeant des arbres signalent une ferme isolée. Là, se tient à toute heure un vieux assis au pied d'un mur. Viennent ensuite des volailles énormes et des chevaux rassemblés en lisière de pré. La barrière est masquée par une grosse haie. Vous y grimpez pour appeler la vache qui, le soir, se tient au fond du champ, près des pommiers. Elle se dirige alors placidement vers la porte ouverte et prend seule le chemin de la maison. Vous la suivez de loin en mangeant des pommes vertes et des mûres.

La scène se répète. Quand vient l'heure d'aller chercher la vache, cette fois, tu pars seule avec le bâton, traînant les pieds. Dès le portail, tu as la sensation que tout est plus grand que d'habitude, les champs, le pont sur le ruisseau, la route qui monte. En haut de la colline, il faut bien redescendre le long du bois à l'haleine humide. En bas t'attendent la fontaine, le vieil homme, les oies et les chevaux, menaçants. Tu te mets à courir de toutes tes forces. Tu as du mal à ouvrir la barrière. Tu te sens ridicule d'appeler si fort.

Quelqu'un dit : « Oh là là, ce que tu sens la vache, ma fille ! »

Tu te réveilles en sueur avec la vision de toi-même perdue au milieu du lit tendu, dans la maisonnette, seule entre pré et bois. Ces frottements au plafond, ce sont sûrement les loirs qui se chamaillent sous les tuiles, ces crissements sur le gravier, un hérisson. D'habitude, tu penses à ton grand projet, tu épargnes puis investis, tu comptes les sous, les multiplies jusqu'aux hautes fenêtres encadrées de lierre, au rang de perles, aux gants beurre-frais. Mais cette nuit, tu écoutes le crissement du gravier. La guerre n'est pas loin. Quels réflexes en as-tu gardés ? Et si c'était un rôdeur, des rôdeurs ? Ils tournent autour de la maison, cherchent un accès. S'ils entrent par la porte de la cuisine, tu as le temps de sauter par la fenêtre, sans bruit, et de courir jusqu'à la prochaine ferme. Il y a moins d'un kilomètre, tu peux avancer à couvert, le long des haies. Tu n'as pas peur, tu réfléchis. Tu sors simplement le fusil de sous le lit et l'appuies au mur à côté de toi. L'insomnie ne résiste pas à sa présence toute-puissante.

Le jour nouveau te salue, ironique, d'un rayon renvoyé par le canon de l'arme. Pendant que ton thé chauffe, tu la remets à sa place et réalises que tes règles sont en retard.

Aujourd'hui je suis retournée voir la maisonnette. Dans le virage à la sortie du bourg, il y a un gros ragondin couché sur le bas-côté de la route. Il pourrait être endormi, le museau posé entre ses pattes, contre l'asphalte. Ses paupières sont closes sur ses yeux insondables. On ne devine pas, sous son mufle joufflu, les trop longues incisives orange. Elle (c'est une femelle) repose couronnée de mouches. Non loin d'elle, relié à son postérieur par un long cordon brun, gît son petit minuscule.

*

Un matin, ou plutôt une après-midi – ce sont les prémices du printemps, après déjeuner le soleil peut être si doux que tu cherches sûrement tous les prétextes pour ne pas rentrer tout de suite – une après-midi, donc, tu trouves, en désherbant le long du mur de l'appentis, des pieds de fraises des bois parmi les tiges fanées des jacinthes. Le soleil donne sur le mur de schiste brun, le chauffe comme un feuilleté saupoudré d'or. Puisque tu ne t'autorises pas à t'y adosser, même un instant, tu profites de la chaleur en arrachant énergiquement les herbes folles à son pied et observes de près les jardins miniatures qui se nichent dans les jointures. Tu suis la progression chaotique d'un gendarme sur des coussinets de mousse dense, son exploration des grottes tapissées de lichen jaune et blanc d'où sortent, en cascade – c'est presque trop charmant – les parapluies charnus des nombrils de Vénus. Tu arrêtes ton geste en découvrant des promesses de fraises, blanches, grumeleuses, encore racornies. À deux mains, tu dégages les plantes et leurs rejets envahissants, pour qu'ils prolifèrent. Tu viendras faire une récolte avec le bébé au printemps prochain.

C'est peut-être la première fois que tu y penses, à ce que sera la vie avec l'enfant. Je ne crois pas que tu imagines à quel point il sera surprenant de le voir, à cet endroit, reproduire ton geste avec aplomb, soulever les feuilles méthodiquement pour trouver des fraises microscopiques.

Il est certain que tu commences à préparer un potager. C'est la saison et ton mari n'est pas là pour s'en charger. Je t'imagine t'y lancer à corps perdu. Est-ce pour prouver que tu sais faire tourner ta maison, avoir la satisfaction de faire fructifier ton travail, anticiper la bise, te garantir contre le manque ? Sûrement, en partie. Mais je pense que tu rayonnes, te dilates jusqu'à atteindre une taille démesurée, comme l'incroyable Hulk, à l'idée de te débrouiller seule, de n'avoir besoin de personne.

Tu as commencé à semer les poireaux, les betteraves. Tu as mis à lever des tomates sur l'établi de l'appentis, récupérées chez des voisins, ta belle-mère peut-être, à qui tu as bien dû aller rendre visite. Tu as été prise d'une extravagance, tu as acheté au marché des graines de citrouille. Personne chez toi n'en cultive mais elles t'évoquent un des rares livres de prix que tu as eu entre les mains, au cours de tes brèves années d'école. Dans un dessin angoissant à la Gustave Doré, Cendrillon croule sous le poids d'un énorme potiron, lourde promesse d'évasion, ingrédient indispensable de son plan à elle. Maîtresse pour la première fois de tes décisions, après avoir tourné le dos au marchand et serré les graines enveloppées dans du journal au fond de ton sac, tu t'étonnes d'aimer tant cette transgression.

Décidée à couver ces gros jetons pâles, tu déposes avec précaution chacun d'eux au fond d'un trou fait avec ton index dans la terre meuble. Une graine par pot. Tu veux qu'elles aient de l'espace, qu'elles lèvent toutes. Tu recouvres, tu arroses. Et tu les alignes à côté des tomates, revoyant dix fois l'ordre et la position de chacun, décontenancée que le rituel soit si simple pour qu'opère la magie, puisqu'il s'agit seulement d'attendre à présent.

Tous les matins, tu sors avant d'avoir mangé pour surveiller les semis, pour voir si un miracle s'est produit pendant la nuit. La porte fermière de l'appentis grince. Surprise par la fraîcheur, tu noues les pans croisés du châle dans ton dos. Le soleil fait trembler les toiles d'araignées à la fenêtre, tu nages dans un nuage de particules dorées. La terre des pots est muette, comme la veille. Tu arroses un peu, revois l'ordre. Tu y retournes après déjeuner, l'odeur de sciure t'étourdit, tu as envie de t'asseoir dans les copeaux. Le soir, s'il y a du vent, tu places une planche devant la fenêtre. Un matin, enfin, tout a changé. La terre se craquelle dans un des pots et, par la crevasse minuscule, pointe vers toi un petit bec charnu semblant chercher un baiser.

Le soir même, avant de sombrer – comme tu sombres à présent si vite, ayant l'impression, le matin au réveil, d'émerger du fond d'un puits mou au centre du lit –, tu laisses tes idées divaguer. Elles titubent d'un sujet à l'autre avant de se fixer sur l'image d'un pantin tournoyant dans ton ventre, tantôt homoncule grimaçant, tantôt lutin malingre dont les pieds disproportionnés dansent une amusante gigue aquatique.

Tu t'éveilles à la pensée des semis. Le jour lèche les volets. Tu ouvres grand les deux battants qui claquent, faisant surgir le soleil comme un phare dans l'axe de la fenêtre. Le pré accroche encore la brume, mais le bleu est déjà en place, avec le jaune, les moucherons, les perles aux fils de la Vierge, et tu laisses entrer tout cela derrière toi dans la chambre que tu quittes. Tu mets vite l'eau à chauffer, pressée d'aller à l'appentis voir l'œuvre de la nuit, quand voilà un heurt au portillon. Surgit une silhouette inattendue, autant que l'est ton premier mouvement, non de joie mais de contrariété.

Le Premier entre dans la cour en soldat chiffonné. Tu lui renvoies son sourire et te jettes à son cou où tu restes longuement, la tête vide, reniflant l'odeur de métal et de tabac sur la toile rêche où repose ta joue. Tu es surprise de le trouver fin entre tes bras. Il n'est pas surpris de te trouver la taille arrondie.

Je ne sais pas combien de temps duraient les permissions du service militaire, quelques jours mis à profit pour faire le tour de la maison, agrandir le potager, reclouer un piquet de la barrière. Tu as posé en souriant le flacon d'eau de Cologne qu'il t'a offert sur l'étagère. Tu sors de la chambre, où tu viens de passer une robe claire, en prenant un air dégagé. Tu t'affaires devant l'évier pour dissimuler ta coquetterie et le plaisir que te donne son regard sur toi. Tu es sa belle petite femme et tu portes votre enfant. C'est doux et irritant.

Chacun joue son jeu et s'en réjouit. Il étanche un peu de sa soif à ton corsage et dans ton cou, tu te glisses le soir dans un lit déjà chaud que les chimères ont fui. Pourtant, après quelques jours, tu te raidis en entendant la porte de l'appentis grincer derrière toi alors que tu observes, accoudée à l'établi, les progrès millimétriques de tes citrouilles. La plupart d'entre elles ont l'impertinence de leurs trois centimètres de haut, bien plantées sur leur pied charnu flanqué de deux prototypes de feuilles rondes. Tu t'agaces du fait qu'il te cherche jusqu'ici mais qu'alors il n'ait pas un regard pour tes plantations. Il t'attire à lui et t'entraîne vers la chaleur du petit déjeuner. Jour après jour, tu remarques un peu plus ses bottes au milieu du passage, son barda sur ta chaise longue. Après manger, tu as hâte qu'il porte l'assiette à ses lèvres pour boire le vin versé sur son fond de soupe, qu'il replie la lame de son couteau sur sa cuisse et le fourre dans sa poche. Quand il repart enfin, tu es soulagée un instant puis tu vacilles au bord du vide. Tu dois y contempler l'ennui terrible qui peut te guetter au crépuscule, quand un dégoût profond monte de la solitude et du silence avant de refluer.

À chaque fois qu'il revient, tu retrouves ce sentiment de voir ton univers se resserrer et penses aux renards qui se rongent la patte quand ils sont pris au piège. Puis il repart vers son train, ses camarades, ses prisonniers. La tête te tourne quand les graviers de la cour redeviennent silencieux et que les vrombissements des gros papillons aux ailes courtes – des sphinx colibri ! – envahissent la fin de journée. Je sais que tu aurais pu vivre cent ans encore avant d'épuiser cette existence solitaire, ton chef-d'œuvre en cours, ton potager et l'élaboration de ton plan.

Je ne sais plus ce qui m'appartient. Quels souvenirs sont les miens et lesquels sont les tiens, véridiques ou réinventés. Peut-on se dissoudre dans les autres ? J'ai retrouvé dans la boîte une photographie de bains de mer. Un groupe d'enfants et d'adultes est installé sur le sable. Une fillette menue, moi, fait une grimace, la tête prise dans un bonnet de bain. Tu es enceinte d'un de mes frères. Nous ne nous ressemblons pas, pourtant nous portons les enfants de la même façon.

*

Tu as brodé jusqu'au crépuscule, mal assise sur le pas de la porte, jusqu'à ce que le bébé te chasse à coups de pied vers la chambre. Tu te déshabilles dans la ruelle du lit. En face de toi, la fenêtre est encore ouverte sur la nuit si douce que tu ne peux te résoudre à la quitter. La lampe de chevet allumée a ouvert une autre chambre dans le carreau vague. Une silhouette nouvelle y répète tes gestes. Elle a passé la robe par-dessus sa tête et, alors que tu te penches pour attraper ta chemise de nuit, elle se met à tourner sur elle-même, caresse son ventre, soupèse ses seins lourds. Son corps flou est plein, tendu. Il a des courbes impossibles, des équilibres sans lois. Il jette à la face du monde le travail puissant qu'il est en train d'accomplir et tu ne le reconnais pas. Tu baisses les yeux vers ton centre et tout ce que tu vois de toi est une demi-sphère dorée dans la lumière de la veilleuse.

Quelqu'un, quelque chose pousse de l'intérieur, dessine une bosse pointue sur cet ovale lisse. Tu t'allonges sur le côté, pour reposer ton flanc lourd sur le matelas. Tu es seule dans l'univers et tu tournes, comme une planète entourée d'obscurité. Plus rien ne se passe pendant un moment. Tu imprimes sur ta peau un message en morse, comme on lance un appel radio à la recherche d'une vie dans l'espace infini, à destination de la créature du dedans. Mais elle reste inerte et ses intentions t'échappent. Soudain, elle lance une série de coups saccadés, comme un chaton battant une pelote de laine. Et le calme se fait de nouveau. Quand tu reprends tes esprits, le froid sur ta peau t'indique que le soleil a disparu tout à fait. Quelques éphémères gravitent autour de l'ampoule. Alors que tu te redresses, une vague de fond soulève tout ton ventre, le temps d'une lourde révolution mouillée. Le bébé s'est retourné.

Que sais-tu de la grossesse et de ses étapes ? Les choses qu'on raconte en cuisine, au coin de la rue, à propos d'une voisine, ou les mains occupées à quelque chose, évidemment. Tes oreilles de fillette étaient des radars ultrasensibles et les femmes de tous âges le savaient, car elles avaient appris la vie de la même façon.

Tu as connu ta propre mère enceinte, l'as entendue commenter la progression de ses grossesses comme des chemins familiers où le temps et le hasard avaient apporté des variations. Je pense que tu connais donc cet itinéraire que tu empruntes seule pour la première fois. Pourtant, la fin du parcours te surprend. Plus ton ventre grossit, plus le reste de ton corps s'amenuise. Tes muscles fondent, aspirés de l'intérieur par l'enfant qui promet d'être solide comme tous les nouveau-nés de la famille. La toute-puissance des premiers mois, où ton corps rond et tendu battait d'un sang rouge et riche, a disparu pour te donner parfois la sensation de n'être qu'une enveloppe vidée de sa substance par une larve grasse. Lorsque tu es assise nue au bord du lit, c'est à un crapaud que tu ressembles, avec ton ventre proéminent flanqué de deux cuisses maigres.

Tu mets tes pieds de citrouilles en terre. Ils sont devenus vifs et charnus et leurs racines dégagent un parfum imprévu de figue et de citron. Le rituel matinal s'est déplacé au potager où tu inspectes les progrès de tous ses hôtes, comptes les feuilles nouvelles, puis les fleurs, constates avec horreur le carnage fait en une nuit par les limaces, qui n'ont laissé dans une rangée que des tiges nues, tendues misérablement vers le ciel et gainées de bave. Tu rattaches dix fois tes tomates avant chaque coup de vent.

Tout prend et croît. Les vrilles des citrouilles s'étirent loin vers les touffes d'herbes auxquelles elles s'agrippent pour avancer, colonisant lentement le jardin de leurs tentacules féeriques.

Au début de l'été, pourtant, la maladie s'y met. Elle blanchit progressivement toutes les feuilles, qui sèchent et se racornissent. Tu as beau couper les parties atteintes pour que le champignon ne gagne pas le bout des tiges encore chargées de boutons, les fruits minuscules jaunissent et ramollissent les uns après les autres, avant de tomber comme des billes. Elles avorteront toutes, même celles déjà grosses comme le poing, pourrissant avant de mûrir, sauf une, poussée seule sur le bourrier, qui s'épanouit à l'ombre de son feuillage râpeux, lisse, brune, ferme, indestructible.

J'ai rêvé la nuit dernière de deux toutes petites filles identiques, les miennes, dont l'une est le double maléfique de l'autre. Je dois tuer ce double. Moi seule peux le faire. C'est un geste terrible, qui me coûte énormément, bien qu'il soit nécessaire et inévitable. J'enfonce un couteau – un couteau de cantine, dentelé et à bout rond, qui ne coupe rien – dans la poitrine de l'enfant démoniaque et, alors que le petit corps se vide de son sang, je le serre contre moi pour accueillir ses derniers tressaillements. Je lui dois au moins ce réconfort, car je lui suis tout et elle est de moi, bien qu'elle ne soit qu'une émanation déformée de ma vraie fille vivante et bien portante. Je me réveille bouleversée, en pleurs, et je pleurerai à chaque fois que je repenserai à cette scène.

*

Alors que l'été avance, toi aussi tu dois faire des rêves troublants. Je suis sûre qu'il y est souvent question de maisons immenses, labyrinthiques, en partie abandonnées. Soit tu en as la charge et réalises progressivement l'ampleur de la tâche, au fur et à mesure que tu en découvres les ramifications, soit ces demeures-mondes sont encore habitées ou ont leur vie propre, vaguement hantées. Tu y pénètres clandestinement, arpentant des couloirs vastes et sombres, écoutant, inquiète, des chocs résonner dans des pièces reculées. Toujours, tu t'émerveilles des objets que tu peux y détailler, le riche mobilier, les tentures, les bibelots poussiéreux témoins de vies suspendues. Et, même en plein rêve, tu t'étonnes d'être capable d'inventer ces architectures si précises et si éloignées des quelques arpents de terre mouillée que tu n'as jamais quittés depuis que tu as vu le jour.

J'ignore qui te rend visite, qui tu croises en ville, qui s'enquiert de ton état, de la naissance qui approche. Je sais que quelques personnes, parents, beaux-parents, voisins doivent passer de temps à autre. Le Premier sera là à l'automne, pour l'arrivée du bébé. Tu reçois les visiteurs avec un sourire absent, leur sers tes haricots en vinaigrette. Quand ils sont repartis, en fin d'après-midi, tu manges les fraises qu'ils ont apportées, coupées dans du vin, avec un peu de sucre.

L'été qui s'achève semble pourrir dans la chaleur étouffante, comme les tomates sur pied. Les légumes malades, l'ombre des arbres jonchée de fruits véreux dégagent une odeur d'éther et un bourdonnement entêtant.

L'automne qui s'ensuit a la douceur des fruits trop mûrs. Les punaises semblent avoir proliféré anormalement. Elles ont le temps de chercher des abris pour l'hiver et se glissent partout. Tu les trouves, le matin, agglutinées par paquets à l'intérieur des volets, que tu n'ouvres plus que du bout des doigts. Le soir, quand tu les refermes, tu éprouves un certain plaisir à entendre croustiller les carapaces nauséabondes dans les gonds. Il faut secouer vigoureusement le linge qui vient du jardin, jusqu'à ne plus entendre leurs chocs sourds sur le sol. Au bout de quelques semaines, tu traverses la cuisine comme un lent vaisseau dans le roulis, indifférente au vrombissement lourd de leur vol autour de toi.

Tout semble se dissoudre dans les dernières semaines, les nuits charrient des images étranges et les jours sont presque aussi troubles, car la chaleur gâte tout. Quand tu marches dans la campagne, tu tombes sans cesse sur des bêtes mortes. Elles paraissent te guetter de leur unique œil exorbité. Un jour, tu suis des gouttes de sang dans un sous-bois jusqu'au cadavre frais d'un gros chat noir. Cette vision te hante longtemps. Lorsque tu fermes les yeux avant de t'endormir, le corps flottant de l'animal persiste quelques secondes sur ta rétine. Je ne sais pas si tu démêles bien la tristesse de l'effroi à l'évocation de cette image.

Papa m'a raconté que tu avais énormément souffert au cours de l'accouchement, il a parlé du docteur mettant sa main à l'intérieur de ton ventre, de tes cris, et j'y ai vu une piste d'explication, en tout cas peut-être la trace d'un événement traumatique. Mais je me demande finalement s'il ne s'agit pas là de sa lecture d'homme, pour la première fois confronté à une naissance, qui est toujours une forme de traumatisme, d'expérience extrême impliquant des cris, des larmes et des gens qui viennent vous farfouiller les entrailles.

*

Quand les vagues se rapprochent, tu es terrorisée par la douleur et l'impossibilité d'y échapper autrement qu'en allant au bout. Une première pensée s'impose à toi, celle de milliards d'autres femmes mettant bas, seules ou entourées, sous des abris rocheux, dans des huttes ou sous le couvert d'un bois, dans des charrettes cahotantes ou des bateaux sur les routes innombrables de l'exode.

Et tu te répètes, entre deux contractions, cet adage implacable entendu tant de fois dans la bouche de ta grand-mère. *Ollé rentré, o faut ben qu'o sorte.* Et, à chaque fois, tu la maudis d'anéantir ton expérience intime avec son bon sens goguenard et revenu de tout, et de la réduire à la fonction première et immuable de tout le règne animal.

Tu émets des meuglements graves qui font vibrer tout ton corps, tu cries que tu veux pousser, puis que tu as peur. Et tu pousses, sans penser au cercle entre tes jambes qui s'élargit tant qu'il brûle. Puis un flot lourd te traverse enfin et la douleur s'arrête. Elle ne s'arrête pas, elle cesse d'exister, tout simplement, alors qu'on te tend un petit corps râblé, si lourd que tu crains de le faire tomber.

Il m'est si difficile de rendre avec des mots ce que j'imagine. Je regrette de n'avoir qu'eux à ma disposition. Si je savais peindre ou tisser, oui, je pourrais restituer cette histoire en composant d'immenses panneaux de tapisserie organisés autour de grandes scènes centrales, où se logeraient des figures mystérieuses et, en marge, des ornements de plantes et d'animaux symboliques. L'œil pourrait embrasser toutes les dimensions à la fois, rendant l'expérience sensible et non raisonnable.

*

Le chant de la huppe flotte dans le vallon. Son bec effilé indique le sud tandis que sa crête s'étire au nord. Elle est installée sur la mousse, qu'elle fouille en prenant des pauses sous l'éventail qui se déploie sur sa tête. Elle se drape d'un large châle aux rayures noires et blanches – quelle extravagance – tombant sur ses épaules corail. C'est un oiseau de paradis perdu dans le bocage et son chant ralenti résonne comme celui du calao.

Tu reposes dans ton lit d'accouchée, l'enfant minuscule calée contre toi. Tes seins sont durs comme du bois et tes larmes montent avec le soir. Tu te lèves trop souvent, au cours de cette première nuit, pour changer les tout premiers langes dans l'obscurité. Tu es sûrement démunie devant ce petit entrejambe fripé, le trouvant compliqué, plein de recoins et de plis, si différent de celui du petit garçon de ta cousine, deux bourses rouges posées sur une peau lisse et tendue. Tu gaspilles beaucoup de langes pour nettoyer les premières selles noires et collantes comme du goudron. Elles sont un reliquat de la nuit intra-utérine, un échantillon rapporté d'une autre planète qui ne ressemble à rien de connu. Le Premier dort sur la chaise longue, dans l'autre pièce. Il a abandonné le lit taché, les montagnes de linges souillés qu'une voisine viendra aider à laver, les pleurs insatiables qui doivent amorcer la pompe. Désertant cette scène, comme le veut la tradition, il t'a laissée à un tête-à-tête vertigineux, une contemplation dédoublée de soi et de l'autre, en état de choc. Pourtant, aux premières heures de l'aube, le monde n'appartient qu'à vous deux. Tout est à sa place avec cette bonne petite compagne à tes côtés.

Je garde un seul souvenir précis de mes toutes premières années. Nous étions dans ce que tu appelais le monde perdu, derrière la maison, dans la petite vallée de l'ancien moulin à drap. Les hautes herbes étaient une savane et tu me faisais avancer en rampant. Tu disais : *Tu vois là-bas le lion, tu le vois, il ne nous a pas sentis. Ne fais pas de bruit.* Et ce que j'avais pris d'abord pour un rocher se mit à frémir, sa queue s'agitait à cinquante mètres de nous. J'eus soudain très peur, comme une bête vulnérable. Balayé par une bourrasque invisible, l'environnement prenait corps, le paysage révélait des dimensions inconnues. Le souffle s'étendait au champ entier. Les arbres se déployaient dans toute leur épaisseur et j'entendais frémir chaque petite bête, gargouiller les intestins des vaches, coller les pieds griffus des mouches aux paupières des chevaux. Ma place dans l'univers m'était révélée par un lion de bocage qui, à l'instant, s'était pétrifié de nouveau.

*

J'ai retrouvé une sorte de journal de nos premiers mois ensemble.

15 octobre 1947

André est reparti ce matin. Il n'aura sûrement pas de permission avant Noël. Seule avec le bébé pour la première fois.

20 octobre 1947

Je garde la petite avec moi la nuit. Je pose sa tête sur mon bras et on arrive à dormir quelques heures comme ça. J'appuie mes lèvres contre le dessus de son crâne, là où c'est mou. C'est là que je sens son cœur battre.

12 novembre 1947

Quand Ninette pleure, même quand je suis dans une autre pièce, mes seins se mettent à picoter.

13 novembre 1947

Le bébé s'est endormi la tête complètement renversée. Bouche grande ouverte. Je n'ai pas osé bouger et j'ai vu le jour tomber. Les arbres étaient noirs. Je ne sentais plus mon bras. Elle a une haleine de lait tiède.

20 décembre 1947

André est rentré pour Noël. J'essaie de faire dormir Nini dans son berceau. La nuit est difficile, elle se réveille toutes les heures. J'ai pu ranger et cuisiner ce matin, pendant qu'elle redormait.

26 décembre 1947

J'ai reçu tout le monde pour le déjeuner hier. Le bébé n'a pas voulu dormir dans le bruit et la fumée. Cette nuit, c'est moi qui n'ai pas dormi, alors que je suis épuisée.

9 janvier 1948

André est reparti après l'Épiphanie. Ses parents sont venus tirer les rois. Il y avait du vin mousseux et son père a fait des grimaces avec sa couronne sur la tête pour faire rire les cousins. Mémé a fumé une cigarette avec le café. J'étais assise en bout de table. Grande fatigue (la petite se réveille beaucoup depuis Noël). Sur le mur en face de moi il y avait notre photo de mariage. Je ne me suis pas reconnue.

18 janvier 1948

Seules enfin. Je dors quand elle dort. Un œuf au plat avec du pain. Le paradis.

15 février 1948

Quand je change le bébé, je me penche sur elle pour lui faire une cabane avec mes cheveux. Je fais claquer mes lèvres comme une carpe, de plus en plus près de son visage pour la faire rire. Elle agite les bras et les jambes dans tous les sens et ses yeux clignent très vite. Elle agrippe mes cheveux et les tire vers sa bouche. Quand mon visage est contre le sien, elle pousse des petits grognements comme si elle cherchait à m'avaler tout entière. Sa petite bouche avide contre mon nez, mes yeux. Je pourrais la dévorer.

8 avril 1948
Ninette rampe ! Petite fille souriante et volontaire.

30 avril 1948
Elle recommence à faire des cauchemars dès que son père est là. Quand c'est comme ça, je me penche sur son berceau. Je pose une main contre le haut de son crâne et l'autre sous ses fesses. Sa respiration redevient profonde et régulière. Mon ventre est encore tout mou.

2 juin 1948
J'ai veillé toute la nuit en lui caressant le dos pour la soulager. Elle a sorti tous ses boutons de varicelle. Ce n'est pas grave. Je la berçais et je me disais qu'un jour elle serait une jeune femme qui fera de grandes choses. Elle ira à l'université. Il n'y a qu'elle qui m'attende demain.

30 juin 1948
Le potager est petit cette année. Ma Nini ne tient pas en place. Elle ne me laisse pas une minute.

3 juillet 1948
Ce matin, très tôt, au jardin. Je lève les yeux, il y a un très grand chat tout noir assis en haut du mur. Je ne l'avais jamais vu. Je suis sûre que c'était une chatte. Elle m'a fait un peu peur, immense. On aurait dit que les branches de l'érable derrière elle faisaient la roue. Et elle, au milieu, me faisait comme un sourire, d'un air entendu. Elle ouvrait et fermait doucement ses yeux jaunes. J'ai tourné la tête et elle a disparu. J'en suis encore toute retournée.

3 novembre 1948
Ninette marche. Elle s'est décidée un mois après son anniversaire. Sa main comme un oisillon dans la mienne.

12 novembre 1948
Le matin, elle fourre sa tête sous mon bras. Petit œuf chaud.

8 décembre 1948
André est revenu pour un mois. Il trouve la petite bien grandie et joue à la chatouiller. Elle s'affirme. Beaucoup de grosses colères.

2 janvier 1949
Ninette jette ses purées par terre. Elle se réveille cinq ou six fois par nuit. Elle se met dans des colères noires. Je lui ai mis la tête sous l'eau froide pour la calmer. J'aurais pu la jeter par la fenêtre. André est bien content d'être là longtemps. Pourtant on se dispute souvent. Je crois qu'il sera presque content de repartir. Moi aussi ?

20 mars 1949
Ce matin, on s'est réveillées en même temps, j'avais oublié de fermer les volets. Son petit visage était tout près du mien sur le traversin. Elle plongeait ses yeux dans les miens en caressant mon épaule. Nous sommes tout l'une pour l'autre.

6 avril 1949
Ses yeux sont si grands quand ils sont fermés. Les larmes me viennent quand je regarde ses paupières

immenses et ses cils lourds. Elles sont presque transparentes, et tendres.

30 mai 1949
On a passé beaucoup de temps en fin d'après-midi penchées sur des petites bêtes. Sa première idée est de toutes les écraser. Détruire, détruire. Le soleil nous chauffait la tempe.

3 juin 1949
Première sieste au jardin. Notre paradis fermé, les chants d'oiseaux, l'ombre tiède. Elle glisse ses petites jambes fraîches contre les miennes. Ses cils caressent ma joue. Ce moment est à moi.

1er juillet 1949
Les fraisiers sont envahis par du trèfle brun à feuilles minuscules. En désherbant toutes les deux, on a été attaquées par des tas de petits grains. C'est les graines du trèfle qui explosent quand on les touche. Ça l'a beaucoup amusée et moi aussi !

15 août 1949
Encore toutes les deux pendant un mois. André reviendra cet automne, pour de bon. Après le petit déjeuner, on est parties à l'aventure. Je l'ai hissée fesses nues sur mon dos et on a tout laissé en plan. La maison ouverte. Pour explorer le champ de tournesols en haut. On est revenues les bras irrités et les cheveux pleins de moucherons.

Le départ

PREMIÈRE VERSION

Je vais te dire comment qu'ça s'est passé. Lui, le premier, c'était un brave homme qui ne buvait pas. Seulement, elle, c'était une coureuse. Un jour elle est partie. Elle avait porté les gamins je sais pas où. Abandonnés. Le mari était rentré le soir. Y'avait plus personne. Et c'est la grand-mère qui les avait élevés. Elle, elle était partie rejoindre l'autre. Georges, y s'appelait. Un marin à c'qu'y paraît. Elle l'a rejoint en Espagne, à Barcelone ou un truc comme ça. Elle a tout fait le voyage jusque là-bas avant qu'il reparte en bateau, juste pour y dire qu'elle avait tout quitté.

*

Les fenêtres du car découpent les abords de la ville dans la nuit tombante. Elles forment une bande de rectangles où défilent des images comme sur une bobine de film : taches jaunes dans le crépuscule, poteaux sombres, fils zébrant les portions de ciel libre. Puis, au-dessus des lignes brisées des toits gris, surgit le dôme d'un palais byzantin, illuminé de feux orangés, flanqué d'une tour-minaret à l'œil rond. Elle est saisie par cette image merveilleuse, ne sachant plus si elle a sa place ici, tant la situation depuis l'aube échappe à tous ses repères. Le car s'immobilise et les portes s'ouvrent. Limoges-Bénédictins. Elle se lève rapidement, serrant son sac et, n'osant pas se rasseoir, elle doit attendre un temps interminable derrière une dame encombrée de paniers qui s'extrait pesamment de sa place. Elle a si peur de manquer l'arrêt, de commettre une faute. Elle descend la dernière. Son pied heurte le goudron dur, elle est avalée par l'obscurité tiède de juillet et il lui semble qu'elle foule une terre vierge. L'exaltation lui dilate la poitrine et l'anxiété creuse son estomac. Elle titube, elle flotte, elle ne sait plus comment marcher – comment marche-t-on dans une ville par une nuit chaude, comment ne pas avoir l'air de fuir ? La gare énorme la surplombe comme une bête faisant le dos rond. Elle franchit les portes battantes sous le regard blanc de colosses muets et est happée par la voûte vertigineuse. Le hall est désert. Trains grandes lignes. Elle choisit un guichet au hasard et demande, en refrénant les tremblements de sa voix, un billet pour Barcelone par le train de nuit. Elle a peur de ne pas être comprise, de ne pas comprendre ce que lui dit en retour la guichetière, qu'elle distingue à peine dans l'obscurité de la cabine en bois. Il lui semble qu'elle formule mal sa question et que, derrière son mutisme, l'interlocutrice invisible soupèse son inexpérience, sonde ses motifs condamnables. Mais en échange du prix demandé, un billet apparaît sous la vitre.

Le buffet de la gare est presque vide. La nuit aveugle ses fenêtres et le crissement des trains entre par la porte latérale avec la douceur de l'air.

Elle choisit peut-être une table isolée où elle s'installe en ouvrant l'*Indicateur Chaix* pour se donner une contenance. À moins qu'elle ne s'agrippe au comptoir, les mains encore encombrées de son ticket et de la monnaie rendue, se hissant sur un tabouret haut pour ne pas avoir à traverser l'espace suspendue aux regards des rares clients. Un café. Que demander d'autre ? Elle n'est jamais allée seule au café. Il est bientôt minuit. Une nappe de fumée compacte flotte à mi-hauteur, alimentée en permanence par deux colonnes blanches. L'une monte au-dessus d'un homme assis à l'autre bout du comptoir. Il consulte le journal devant une bière. Il est en bras de chemise et sa veste est pliée sur ses genoux. L'autre s'élève d'une paire de soldats. Des Américains, détendus, beaux, noir et blanc. Il doit y avoir un couple dans un autre coin. Il n'y a pas de musique, seulement des bruits de comptoir sporadiques, de tasses ou de verres qu'on remplit, qu'on pose, qu'on lave. Dans la lointaine gare-cathédrale résonnent quelques annonces et, plus loin encore, des sifflements brefs. Ses mains sont poisseuses, elle a vaguement faim, mais son ventre est ballonné et l'éclairage vif lui blesse les yeux. Elle n'a rien à faire là. C'est incroyablement exaltant. Elle est toujours tendue, son cœur s'emballe par à-coups mais elle commence à oser regarder alentour, comme quelqu'un qui met pour la première fois la tête sous l'eau avec un masque. Il y a une corbeille d'œufs durs posée devant elle. Des grains de sucre collent au tranchant de sa main et tombent sur sa jupe. Le garçon derrière le comptoir a des lobes d'oreille mous et pendants. Les soldats se lèvent et se dirigent vers elle. Son cœur se serre. L'autre femme est toujours à une table lointaine avec son compagnon. Ils s'installent sur des tabourets de part et d'autre du sien. Elle ne comprend pas ce qu'ils disent. Non merci. On dépose une bière devant elle. Pourquoi accepter cette cigarette. Cela l'oblige à se pencher, à approcher sa bouche d'une grande main inconnue. Elle sourit. *Le train pour Barcelone.* Voilà qu'elle leur donne sa destination. *Je vais rejoindre mon fiancé.* C'est presque la vérité. *Il doit embarquer pour plusieurs semaines. Je vais lui dire au revoir.* Au fond de sa poche, il y a un papier sur lequel sont inscrits le nom d'un bateau et le jour du départ. Elle porte la bière fraîche à ses lèvres. Elle glousse nerveusement. Elle est en équilibre sur un fil, ne pas les contrarier, ne pas les encourager. Elle ne peut pas s'abandonner à la situation, même si elle se surprend à rajuster ses cheveux. La fatigue et l'alcool l'embrouillent. Elle se raidit quand l'homme de droite pose sa main sur son bras. Leurs cuisses puissantes tendent le tissu de leurs uniformes tout près des siennes. Elle a le tournis. L'un d'eux regarde sa montre. *Hurry up, Miss. Your train is leaving in five minutes.* Elle panique. *Your train! Now!* Elle fait précipitamment une boule de ses affaires. Les garçons l'entraînent, l'un d'eux jette des pièces sur le comptoir. Ils l'emportent dans le hall, la portent presque à travers l'espace infini. Ils débouchent sur un quai sombre, un long train hoquette, les derniers passagers disparaissent, on saisit son poignet pour consulter le billet coincé dans sa main crispée, on la pousse dans le wagon, le chef de gare siffle, la porte claque. Les deux soldats semblent glisser sous ses yeux, riant et agitant leurs casquettes. Tout le quai avance avec eux. Mais c'est elle qui s'éloigne. À travers la vitre, il n'y a plus que la nuit noire percée de falots et striée de rails.

Elle tourne sur elle-même dans le sas bringuebalant. Deux hommes débouchent à sa gauche, la frôlent et disparaissent aussitôt dans le wagon suivant. Elle pousse la porte par laquelle ils sont arrivés et fait quelques pas maladroits dans le couloir faiblement éclairé. La porte se rabat derrière elle, étouffant le vacarme métallique qu'elle vient de quitter. Elle tente de reprendre ses esprits, regarde son billet, cherche les numéros au-dessus des portes alignées le long du couloir désert. Ses pas sont absorbés par la moquette. Une secousse la malmène, elle heurte la paroi d'un côté puis la barre métallique sous la vitre, de l'autre. Dans son compartiment, l'obscurité règne. Les couchettes sont toutes occupées, sauf la sienne, tout en haut. Elle hésite, craint de faire trop de bruit, se sent encombrante. Elle finit par poser une partie de ses affaires dans le filet en hauteur, prenant soin de conserver ses provisions et sa maigre trousse de toilette. Elle referme doucement la porte derrière elle et retrouve la solitude feutrée du couloir. Une fenêtre abaissée laisse couler la brise nocturne. C'est là qu'elle s'installe, découvrant qu'elle peut déplier un strapontin. Du torchon qu'elle dénoue, elle tire son couteau de poche et quelques vivres fatigués. Elle entreprend de couper alternativement de petits dés de pain rassis, de saucisse froide et de fromage, qu'elle porte à sa bouche avec la lame du couteau et qu'elle mâche lentement. Son esprit n'est nulle part que dans ce coulis d'air où flotte un parfum de soulagement. Elle reste longuement assise le nez au vent, reconstituant ses forces, la tête vide. Un homme sort d'un compartiment et se poste debout devant une autre fenêtre. Il allume en silence une cigarette. La flamme brève lui dessine un nez, une esquisse de menton, puis il retourne à son mystère. La trêve est terminée. Elle se lève et se dirige vers les toilettes au bout du couloir. Sous l'ampoule faible, elle se brosse les dents soigneusement. Après avoir vérifié que la porte est bien verrouillée, elle parvient à glisser ses pieds sous le filet d'eau du lave-mains pour les débarrasser de la poussière collée de sueur. Puis elle se hisse debout sur la cuvette au-dessus de laquelle elle s'accroupit, gardant un équilibre précaire malgré les secousses du train. Alors qu'elle sort des toilettes, une contrôleuse lui confie un matelas roulé sur lui-même et deux draps pliés après avoir vérifié son billet.

Allongée sur le ventre, dans la pénombre, le visage au ras de la fenêtre, elle ne veut pas dormir. Elle fixe avidement la nuit qui défile. Elle apprécie le contact des draps raides contre ses pieds propres, elle découvre les bercements intenses. Son ventre est apaisé par le roulement puissant du train. Dans la vitre, son image s'efface derrière des silhouettes de gares, de pylônes, de maisons. Elle perçoit des lueurs d'eau le long de la voie et des rectangles jaunes dans le lointain. Elle veut rester éveillée dans le noir et les respirations profondes, regarder la nuit infinie se refléter dans les lacs et les villes vides. Pour la première fois, c'est bon d'être humaine avec les autres, de se coucher dans la transpiration de l'air et de se sentir unis par le sommeil et le voyage. Il n'y a plus de passé ni d'avenir, seulement son corps abandonné dans un train glissant sur la courbe du continent. Il n'y a plus d'angoisse, plus de question, ni même de destination. Cet instant justifie tout le reste.

Elle est réveillée par un choc, suivi de brèves secousses. Le train s'est arrêté en gare. Il fait encore nuit, mais elle aperçoit quelques voyageurs descendus se dégourdir les jambes. Elle se glisse hors de sa couchette et s'aventure jusqu'au marchepied. Il fait bon. Elle ose quelques pas sur le quai, redoutant que le train reparte sans elle, s'effrayant de ses soubresauts. Deux ou trois vendeuses ambulantes apportent des petits chariots de fruits ou déploient sur l'asphalte leur production de napperons brodés, de mouchoirs, de lavande en sachets. Un couple lui annonce qu'ils sont au poste-frontière et que les voyageurs qui vont jusqu'à Barcelone doivent changer de train. Elle s'immobilise soudain dans le jour naissant, frappée par l'odeur de la mer. Elle avance jusqu'au bout du quai et découvre, derrière le train qui lui masquait la vue, une étendue argentée où viennent mourir des collines noires. Elle devine, en contrebas de la gare, quelques maisons massées le long d'une anse et, plus loin, de hautes constructions dominant la baie. Tout est neuf, le matin, l'immensité qu'elle pressent, les odeurs de pin et de coquillages. Le calme et la douceur de l'aube semblent mettre le monde en lévitation. Des cheminots s'affairent sous les voitures à l'arrêt. Ils frappent les boggies, jouant une mélodie dissonante qui résonne sur les reliefs environnants.

Lorsqu'elle regagne le couloir de son wagon, l'odeur des corps endormis la prend à la gorge. Les portes s'ouvrent peu à peu. Les voyageurs éveillés se répandent déjà dans les espaces communs. Pour rejoindre sa place, elle bouscule des jeunes femmes aux cheveux défaits qui attendent leur tour aux toilettes, deux joueurs de cartes, un petit chien haletant. Dans son compartiment encore silencieux, elle retrouve, plus concentrée, la même odeur écœurante et familière. Elle rassemble ses affaires rapidement et sort sans un regard pour ses compagnons de la nuit. Elle suit le flot de passagers en transit jusqu'au train espagnol qui attend sur un autre quai. Sans s'attarder, elle se hisse sur la couchette supérieure, préférant se couler de nouveau dans l'anonymat de l'alcôve. Au-dessus de l'agitation, elle devine l'installation de nouveaux voyageurs. On dépose un petit enfant sur la couchette qui lui fait face. Relevant la tête, elle croise son regard embué de larmes. Il vient de se réveiller et émet des couinements plaintifs. Cette vision la trouble tant qu'elle s'enroule sous son drap, face à la paroi. Elle est encore dans cette position quand le train est pris de spasmes. Elle tend alors son visage vers la fenêtre, juste à temps pour découvrir un hôtel blanc surgir dans le jour naissant, profilé comme la proue d'un paquebot gigantesque, prêt à les engloutir. Au dernier moment, le train prend une courbe et lui échappe dans un glissement.

Ils s'arrêtent de nouveau après quelques kilomètres parmi les reliefs arides. Elle ne descend pas au poste-frontière espagnol, qui lui apparaît comme un immense gribouillis de rails écrasé de soleil. Un voyageur ouvre la fenêtre et le chant des cigales envahit le compartiment, enveloppé dans la chaleur montante. L'anxiété la reprend par vagues. Elle l'attribue à l'immobilité. Ses intestins se convulsent. Elle sait que les toilettes sont condamnées quand le train est à quai et elle ne veut pas prendre le risque de rejoindre la gare. Elle s'imagine descendre dans des sous-sols labyrinthiques, puis se frayer un chemin dans la foule compacte de la salle des pas perdus, incapable de sauter à temps dans sa voiture qui disparaît. Elle calcule depuis combien de temps ils sont arrêtés. De toute façon, elle a oublié les détails du trajet, la durée des escales. Elle serre les dents, contracte tous ses muscles. Une sueur glacée la recouvre. Pourvu qu'ils repartent vite. Enfin, les secousses libératrices reprennent, brèves et espacées puis franches, longues, jubilatoires. Les bâtiments s'éloignent tandis que leur cortège de citernes rouillées, de voies de garage, de tas de traverses s'accrochent encore un moment aux fenêtres, puis lâchent prise. Elle respire de nouveau. Le vent, rafraîchi par la vitesse, la baigne tendrement. Ses yeux se ferment sous les rayons obliques. Elle s'abandonne entièrement aux mouvements rudes. Elle sourit. Elle dort.

L'animal la fixe droit dans les yeux. Il est si grand et si sombre qu'elle n'a pas tout de suite identifié ce qui lui paraissait être un trou dans l'obscurité du mur. Quand deux yeux jaunes se sont ouverts dans le néant, dans un réflexe primaire, elle a cru voir une panthère. Mais, bien sûr, c'est une chatte noire fuyant la chaleur de midi, étirée de tout son long dans l'ombre famélique. Un ventre énorme rompt la ligne parfaite de ce corps souple, trop soyeux pour un chat de port. Elle éprouve une forme de sororité pour ce félin qui la fixe entre deux battements de paupières, non pas menaçant, mais terriblement familier et, si elle osait, souriant. Elle a envie de porter sa main sur son ventre boursouflé, à travers lequel elle devine de multiples petites têtes dures comme des cailloux.

Sígame. Suivez-moi. Georges il vous rencontre ici. *En el café por aquí*. Par ici. Le garçon à qui elle a tendu son papier devant la capitainerie la conduit jusqu'à un petit bâtiment blanc au toit de tôle. C'est bon. Elle a réussi. Elle est arrivée juste à temps, l'homme de sa nouvelle vie n'a pas encore appareillé. Elle écarte les lanières de plastique et se courbe pour passer la porte. Quelques tables meublent la salle. Au sol, des arabesques de ciment comblent les lacunes du carrelage. Son guide s'est éclipsé. Elle s'assoit à une table en retrait. Les quelques clients, tous des hommes, moustachus pour la plupart, ont levé les yeux à son entrée et l'ont fixée un instant à travers la fumée, puis ont repris le cours de leur partie de dominos, de leur repas. La chaleur est épaisse, malgré le ventilateur qui brasse des relents de cuisine. Une femme coiffée d'un foulard s'extrait de derrière le comptoir carrelé et dépose un café devant elle. Ses yeux sont passés au khol et elle a une petite ligne verticale tatouée sur le menton. C'est la première fois qu'elle voit ce genre de tatouage. C'est la première fois qu'elle voit une femme tatouée. Peut-être tremble-t-elle encore. En tout cas, elle observe, elle enregistre, elle n'en revient pas. Elle lève les yeux vers le rideau en plastique. La lumière y est découpée en bandelettes qui s'écartent soudain et soulignent les contours d'une silhouette désirée. Il est là. *Ça y est. Ça y est. Je l'ai fait.*

Elle analysera tout cela plus tard, dès tout à l'heure, quand elle longera à nouveau les docks dans la fournaise, en sondant l'ombre à la recherche de la chatte noire. Elle croira peut-être avoir rêvé ces retrouvailles brèves si tôt suivies d'au-revoirs pleins de promesses. Chargée de baisers, elle aura la sensation de glisser sur les quais sans fin. Elle sentira encore la main de Georges sur la sienne, sa main bouillante sur sa hanche. Dans sa poche, au dos du morceau de papier qui l'a menée jusqu'à lui, il aura inscrit l'adresse de son appartement à La Rochelle où elle pourra s'installer en attendant qu'il revienne de voyage. Elle n'aura pas besoin de penser plus loin qu'au chemin qui l'attend ou à la révolution qu'elle vient d'accomplir. Elle cherchera sa route parmi les hommes du port, ceux qui reprennent leur charge sur l'épaule, sortent des cales, réinvestissent l'espace laissé aux chats durant les heures chaudes. Elle remarquera celui-ci, endormi en position fœtale dans un raide costume noir, sur des filets entassés. Elle supportera les regards, elle entendra les sifflets dans son dos. Elle aura hâte de retrouver le refuge de la gare, après les vastes avenues bordées de palmiers et d'arcades.

Assise pour quelques heures dans l'une des grandes salles d'attente, en fixant, la tête renversée sur son siège, les dômes de la gare Barcelona França, elle aura tout le loisir de s'étonner – mais le fera-t-elle ? – de sa relative aisance au guichet cette fois-ci, pour demander un nouveau billet, de la nonchalance avec laquelle elle aura glissé un papier indiquant sa destination sous la vitre sans tain, attendu son billet, payé avec l'argent de Georges. Dans la fraîcheur préservée par les marbres étoilés, comme si elle était assise dans une glacière luxueuse, les cris d'un petit enfant la ramèneront au présent, au bruit amplifié des graines de tournesol grignotées derrière elle, à cet homme jeune assis en face, coiffé d'un képi en cuir et dont les mains couvertes par les manches lustrées de crasse tournent les pages d'un livre, et qui, fixant soudain un point devant lui à travers ses lunettes démesurées, se découvre, sort une brosse à miroir de son paletot et lisse ses cheveux gras. Elle ne franchira pas les portes du buffet, préférera cette fois l'anonymat de la salle d'attente, la proximité de l'horloge monumentale, jusqu'à ce qu'elle retrouve le cadre désormais familier du train, la banquette arrosée par le soleil déclinant, les odeurs de charcuterie aillée et d'orange, le tangage, le strapontin dans l'obscurité, les ombres portées par la lune au pied des oliviers, la course du train à travers la nuit, à rebours mais différente en tout point.

PARTIE II

L'ange du foyer

« Modeste complément du sabot de bois dans les travaux quotidiens, chaussé dans la boue des chemins creux, voisinant le fumier des étables, le sabaron se pare comme la coiffe féminine – l'un et l'autre vêtement des extrémités du corps – de multiples noms et formes » (Jacques Chauvin, *Le Sabaron et l'Escarpin : Chaussures et métiers, Poitou-Vendée 1880-1960*).

*

C'est aux enfants que l'on raconte les souvenirs, les anecdotes familiales, les légendes, les détails. C'est lors des promenades désœuvrées en compagnie d'un petit que l'on réveille les morts de derrière les portes closes, les volets repeints, les rues transformées. Plus on grandit, moins il y a de gens pour raconter. Les grands-parents ont fait de leurs souvenirs ressassés des poncifs que l'on n'écoute plus. Quand les interrogations viennent aux adultes qui cherchent à remonter leurs lignes de failles, il est trop tard. Et s'il n'est pas trop tard, ils imaginent leurs questions résonner de façon incongrue, peu importe le lieu où ils essaient de profiter d'un tête-à-tête. Ils ont l'impression de se mettre tout nus. La pudeur leur fait ravaler leur curiosité existentielle avec le dernier quartier de pomme du déjeuner familial. Ils s'en vont cacher leur trouble dans la cuisine, sous les assiettes qu'on débarrasse. Une autre fois…

Quand le Premier revient du service militaire, il est embauché à l'usine, comme tout le monde. Vous quittez alors la maisonnette pour vous rapprocher de la ville et louez une pièce donnant sur une cour, dans un quartier ouvrier des faubourgs. Les maisons y sont collées les unes aux autres comme les cochenilles aux nervures des feuilles, le long de quelques ruelles pierreuses qui se perdent rapidement dans la campagne. Ce quartier que tout le monde appelle Saint-Elme est séparé de la ville par une double frontière, une courte vallée où s'épanche l'hiver une modeste rivière, et la ligne de chemin de fer contre laquelle viennent s'aligner les jardins potagers.

*

Lors du premier soir à Saint-Elme, il règne une chaleur étouffante. Le ciel déploie des masses sombres derrière le clocher. Il s'accorde à l'humeur qui t'envahit, à l'étroit au milieu de tes meubles encore en désordre. Je joue à cacher des coquilles d'escargot sous les pots de fleurs vides dans la cour. Tu espères encore y faire lever une bouée de persil ou de pensées. Tu dois songer à la treille, bourdonnante à cette heure du soir, devant ta maisonnette à présent désertée, quand tu perçois des cris venant de la rue. Les portes basses des maisons noirâtres ressemblent à des entrées de terrier d'où sortent un nombre surprenant d'occupantes. *C'est chez Lemieur. C'est encore elle qui lui fout une volée.* Les cris s'amplifient et un homme jaillit d'une porte sous une pluie de pommes de terre. Il se précipite le dos courbé vers le bas de la rue. À ses trousses, une femme échevelée serre d'une main un pan de son tablier et y puise de l'autre de quoi alimenter ses tirs. Elle vise mal, mais fait parfois mouche sur une épaule ou sur son derrière, pour la plus grande joie de la nuée d'enfants qui les accompagne. Tu suis le mouvement. Sous les rires et les cris, les patates roulent jusqu'au bout de la rue, prennent le virage et dévalent la pente raide qui donne sur l'église. Tu les aperçois, tout en bas, sautiller sur les marches de pierre et rouler par le grand portail pour terminer leur course au milieu de la nef.

Te voilà introduite à la vie du quartier. *Lemieur c'est un brave homme. Elle aussi, dans le fond. Mais forcément il a bu un coup. Oh, ça se passe pas trop mal quand même.* Elles veulent toutes te mettre au parfum. *L'aut'jour, il avait pas bu et pis elle l'attendait encore. Mais ça s'est pas passé pareil. Elle était en chemise de nuit et pis elle était pieds nus. « Ah mais tu vas voir. Tu m'as foutu des coups de trique su'l'échine mais, moi, y va te faire faire le tour du quartier avec cette trique. » Et pis c'est vrai, elle était en chemise de nuit, pieds nus, et allez pan et pan, aïe, aouille, aouille. Chacun son tour. Elle avait les pieds en sang, tu peux être tranquille...*

Elles te disent que tu n'as encore rien vu, qu'il y en a des corridas ici. Et alors que vous passez devant un petit bistrot en remontant la rue, elles poursuivent. C'est une vieille qui tient ça. Elle fait boire les Polonais qui travaillent aux carrières. Quand ils touchent la paye, elle danse sur les tables et après elle se sert directement dans leur portefeuille. Tu penses à tes citrouilles, aux roucoulements des colombes. Une autre renchérit. Elle raconte qu'un matin, les drôles étaient tous massés devant les fenêtres et qu'elle s'est approchée pour voir. La femme du bistrot était allongée les fesses à l'air avec un monsieur derrière. Les drôles regardaient, tu parles ! Lui, c'était l'huissier de Lusignes. Il venait trouver cette bonne femme qui lui faisait toutes sortes de saloperies. Toi, tu penses à tes tomates et aux grains de poussière qui dansent dans l'appentis. Et l'autre reprend. Elle te parle de l'huissier qui ne portait pas de souliers mais des sabots avec des pantoufles dedans, des sabarons qu'on appelait ça, des bots. Et elle parle aussi de la rue qu'était sale parce qu'ils étaient en train de faire l'adduction d'eau. Et elle raconte que ce jour-là, alors qu'elle regardait par la fenêtre, elle a entendu la vieille dire à l'autre : *Si tu veux m'au faire, eh beh quitte tes bots pour monter su'mon lit !*

Tu éclates de rire avec les autres. Tu t'amuses des bonnes histoires. Tu ris et tu penses au vaste pré que tu ne traverseras plus chaque jour.

Déjà les groupes se désagrègent, chacune retourne à son repas. Seuls les enfants circulent en bande en se lançant les pommes de terre échouées. Avant de passer sa porte, la voisine te désigne du menton celle qui vient de vous quitter avec un petit sur le bras et un autre pendu à son cotillon. *Eux aussi y se tapent dessus avec son mari mais elle est pas froide de collier – voilà une femme, elle accouche dans la nuit eh bien elle est à la borne-fontaine pour laver son linge le lendemain matin. Elle a jamais arrêté.*

Ce modèle qu'on t'assigne là est bien trop éloigné des grands projets que tu élabores en secret pour que l'orage s'apaise dans ton esprit.

Un oiseau de proie rase la route dans un lourd battement d'ailes. Il essaie, péniblement, de prendre son envol, comme dans ces rêves où l'on ne parvient jamais à décoller vraiment. Il faut se jeter dans le vide d'un point vertigineux pour obtenir un rase-mottes éreintant, en espérant gagner le large, atteindre un espace où le vol prendra l'ampleur tant désirée. Son plumage dru brasse l'air qui lui résiste. Quel contraste révoltant avec la silhouette affûtée qui règne d'ordinaire en maître sur les courants d'air.

*

À Saint-Elme, deux nouveaux enfants naissent avec à peine plus d'un an d'écart. Enceinte, tu te sens comme le loup à qui on a arraché le petit Chaperon rouge du ventre. Ce dernier gambade à présent, tendre ennemi passé dans le camp du chasseur, tandis que tu erres seule, la panse remplie de cailloux.

Pourtant, tu repères, tout à fait à l'autre bout du quartier, une maison plus haute que les autres. Elle est presque la dernière de la rue de la Reine, adossée au talus, sous la voie ferrée, mais dominant le vallon et fixant la ville en face, dans les yeux. Elle possède deux vrais étages, une vigne vierge enflammant la façade, une courette abritée, promesse de dimanches à équeuter les haricots bras nus. Deux jardins l'accompagnent. L'un, adjacent et plat, bordé de pierres sèches, pour le linge et les légumes. L'autre un peu plus haut, tout en pente, pour les outils, les clapiers, les chiens, le bois. Pas un autre monde mais presque.

Combien de temps t'a-t-il fallu pour y projeter ton plan, alors que tu ne dois plus éprouver ni silence ni solitude ailleurs qu'en toi-même ?

Ce n'est pas dans le silence seul que la pensée se déploie, mais dans la résonance d'autre chose. Une vague qui se retire découvre des bruissements de cailloux et des éclosions de bulles, des coquillages minuscules s'ouvrent dans un murmure humide, une vie s'anime le temps du reflux, confiante et prompte. Tu as dû éprouver cela, dans la maisonnette que le vent fou pouvait secouer des jours durant. Quand il tombait brusquement, le limon se déposait au fond de l'eau, les moineaux s'ébrouaient, le renard s'attardait au soleil pour sécher sa pelisse brune, tes idées devenaient limpides. Dans le silence retrouvé revenaient mille bruits infimes, des froissements joyeux, des plans, des rêves.

Une fois que tu es casée parmi les familles de ta condition, entassée avec tes nourrissons, le silence, comme le loisir d'écouter ce qui le suit, doivent s'offrir rarement.

Tes pensées s'apparentent plutôt aux réflexions distordues qui surgissent entre l'état de veille et le sommeil. Tu es sujette à des visions. Elles arrivent parfois quand tu te balances pour endormir un des enfants. De vieux airs remontent alors à ta mémoire. Qui te les a chantés, à toi ? Dans ces interstices, c'est le mouvement machinal, presque névrotique, lorsque l'esprit a rendu les armes, a renoncé même à la frustration, qui doit favoriser l'émergence de fantaisies pluricentenaires.

Tu vois soudain des pavés mouillés. Ils résonnent du pas d'un cheval. Une lanterne immobile éclaire un porche. Qui est-ce qui passe ici, si tard ? J'ignore si tu es surprise de la netteté des images et des sensations qui t'envahissent, du calme humide enveloppant le cavalier, de la brume montant du cheval, et même du soulagement que tu éprouves, mêlé d'appréhension, à l'approche d'un bourg isolé à la nuit tombée. Comme par une veine de quartz souterraine, affleurant la surface d'un jardin, tu sembles traversée par la mémoire universelle.

Cela t'arrive régulièrement lorsque tu tournes dans ta cuisine où le jour décline, le dos brisé par l'enfant enfin assoupi dans tes bras. Mais aussi lorsque tu entends le souffle d'une bête derrière une porte ; il te parvient alors l'odeur de la paille souillée au fond des caniveaux du Paris médiéval. Le crissement du gravier peut faire surgir le chant d'une fontaine sous un magnolia. Un soir, la vue de la pleine lune convoqua une scène d'incendie nocturne dans un village en bois. Dans ta vision, comme dans une gravure de *L'Illustration*, le brasier éclairait un homme d'Église qui protégeait de ses bras en croix une masse de femmes en foulards et d'enfants jetés à la rue.

Au sortir de ces transes, la maison muette, en désordre, où les enfants vont appeler d'une minute à l'autre, doit s'imposer à toi comme une nausée. Pendant un instant, ta terreur est telle que tu pourrais aussi bien te réveiller immergée dans un océan noir et glacé, sans autre espoir de salut qu'une vague plus expéditive que les autres.

J'ai ramassé un coing jaune le long d'un chemin. Il est posé sur ma table de nuit. Il règne sur l'instant. Le soleil fuit lentement la fenêtre et un dernier rayon éclaire son profil velouté. Sa face cachée est marquée par les doigts qui l'ont saisi. Sans les deux feuilles en équilibre sur sa tige, il ne serait qu'un fruit trop vert devant une fenêtre.

*

Lecture de *La Barque silencieuse* de Pascal Quignard, reprise là où je l'avais laissée il y a presque un an : « Une pulsion venue de nulle part, sans nom, sans motif, sans préférence, se tend, s'avance, erre. *Solus vagari in agris, errore vagari*, aller çà et là à l'aventure dans une course sans dessein, grimper dans les branches, escalader les roches, courir les champs. Oublier foyer, famille, enfance, dépendance. Cet *error* est la forêt "aventureuse". Ce sont les courses solitaires qu'affectionnait plus que tout Emily Brontë sur la lande. »

*

J'ignore l'emploi du temps précis de tes journées mais il est peu probable qu'il te laisse le luxe de l'errance ou de la promenade. En réalité, je suis sûre que tu ne marches presque plus jamais seule, nulle part.

De temps en temps, pour une course en ville, tu confies les enfants à une voisine. Tu te jettes alors dans la rue en vacillant presque sous l'effet de la légèreté. Bien que tu réfrènes presque toujours, depuis que vous êtes installés ici, la tentation de prendre des détours, tu décides de partir à gauche, après la ligne de chemin de fer, plutôt que tout droit par la grande pente qui mène à l'église puis à la ville, en remontant sur l'autre versant du vallon. Du côté gauche, donc, à huit cents mètres, se trouve la grande maison couverte de vigne vierge que tu as décidé d'habiter un jour. C'est elle qui envahit désormais tes contrées imaginaires et tu ne peux résister à l'envie de la revoir, d'étudier de plus près ce que tu y devines. Tu mesures en silence la longueur des façades à l'aune de grandes enjambées. Tu en déduis la taille des pièces, leur disposition. Tu te fais l'architecte obsessionnelle de ton rêve. Les fenêtres ont de simples garde-corps en bois mais elles sont au nombre de huit, sur trois rangées, et celles du rez-de-chaussée flanquent une porte vitrée donnant sur une entrée qui, bien que très courte, est garnie d'un escalier en bois ciré qui s'élève en tournant vers les étages. Tu n'as d'yeux que pour cela, l'ascension, la lumière. Tu tapisseras les chambres de papier fleuri, il y aura un vaisselier dans la salle à manger et un salon où l'on ira rarement, sur des patins. Tu préféreras te tenir dans la salle à manger, qui vaudra salle commune, pour y coudre près de la fenêtre, y accueillir une voisine, debout, les mains occupées d'un torchon. Tu ne vois pas, à l'angle de la cour, la marchande ambulante qui pisse toute droite au-dessus de la grille du caniveau, cachée par ses vastes jupes et sans cesser de crier : *Sardines fraîches !* Tu ne vois pas non plus l'absence de cuisine et de toilettes, ni la ligne du train juste derrière. Pour l'instant, et même si c'est pour peu de temps encore, tu ne vois que l'allée de graviers conduisant au perron, l'aboutissement de ton plan.

En tournant la tête vers le haut de la rue d'où tu es arrivée, tu aperçois la silhouette de ta belle-mère. Celle-ci pousse une petite charrette sur laquelle sont disposés bouquets de pissenlits et de cresson qu'elle a cueillis dans la campagne et qu'elle va vendre au marché pour payer ses commissions.

Avant que ta parente ne te voie, tu quittes la route et longes le talus de la voie ferrée. Tu as si peu de loisir que tu refuses de gâcher ce trajet par une compagnie forcée.

La vallée s'aplanit rapidement, tu marches à présent sur le ballast. De l'autre côté de la ligne, les tournesols fanés qui se tiennent encore debout en rangs lâches t'accompagnent comme une armée de damnés. Ton pas est instable dans les graviers et ta chaussure heurte parfois une traverse dans un son mat. Je ne sais pas si tu suis le cours de tes pensées, te promenant encore dans cette maison dont on t'a dit qu'elle allait bientôt être à vendre, ou si le ciel blanc d'octobre t'a absorbée. Dans ce cas, rien ne t'échappe du vol des corneilles, de l'odeur du métal. Ton esprit ne suit plus que le rythme sauvage de tes pas, de traverse en traverse, enfin dehors, enfin en mouvement. Et tu oublies presque de redescendre vers la ville.

Par les ruelles rongées d'humidité, tu débouches sur la place du marché. Si elle était vide, tu ferais un détour le long du kiosque à musique pour te noyer jusqu'à mi-jambe dans les feuilles craquantes, mais il y a trop de monde aujourd'hui. Tu t'es arrêtée à la mercerie, ou à la poste, peu importe. Il est temps de rentrer. Tu tournes encore dans une rue ou une autre, parce qu'il te reste le pouvoir de choisir ou d'allonger le chemin du retour. Soudain, voilà celle que tu cherches toujours sur les places recluses. C'est une grande panthère sculptée à taille réelle dans du granit. Le long de l'escalier du tribunal, en retrait des hautes rampes de calcaire, elle est figée dans une position ambiguë, qui pourrait exprimer le rassemblement qui précède le saut ou bien une soumission menaçante. Tu t'approches d'elle et flattes son poitrail puissant. Puis ta main se pose entre ses oreilles plaquées et descend entre les épaules tendues. Sous tes doigts, la pierre est rêche et humide. Tu as envie de relever ta jupe et de poser ton pied sur le socle pour te hisser sur son dos, de l'enfourcher pour sentir le granit compact entre tes cuisses. Tu te contentes de plaquer tes deux mains là où sa taille devient très fine et, au moment où tu crois percevoir une vibration – un ronronnement ? –, une famille débouche sur la place. Tes mains se retirent, tes pieds roulent sur les marrons, tu longes les murs pour disparaître.

Depuis quelques jours, je relis *Le Mythe de Sisyphe* de Camus. J'avais été frappée, depuis les cours de philo, par l'interprétation qu'il fait de l'histoire de ce personnage condamné à rouler éternellement en haut d'une montagne une pierre qui dévale de nouveau la pente dès qu'il atteint le sommet. S'interroger sur le sens de la vie et se heurter au silence de l'univers, voilà ce que Camus nomme le sentiment de l'absurde, si j'ai bien compris. Si rien n'a de sens et que tout est bien, on peut faire comme Sisyphe : « Lui aussi juge que tout est bien. Cet univers désormais sans maître ne lui paraît ni stérile ni futile. Chacun des grains de cette pierre, chaque éclat minéral de cette montagne pleine de nuit, à lui seul forme un monde. La lutte elle-même vers les sommets suffit à remplir le cœur d'un homme. Il faut imaginer Sisyphe heureux. »

Mais si l'on n'est pas asservi par les dieux, comme Sisyphe, on peut aussi partir.

*

Où en est le Premier à cette période de Saint-Elme ? Son amour s'est-il estompé devant ses propres obligations, ou bien préfère-t-il éviter la puissance sombre qu'il devine peut-être monter en toi ? Il cherche au jardin, à l'étang, chez les copains à qui il prête la main, l'échappatoire à ta présence trop menaçante. Courir les chemins, braconner un peu, s'épuiser sur le manche de sa pioche, sentir l'air sur son dos, son visage, boire son litre de vin clair à l'ombre d'un buisson puis rentrer satisfait, léger, fatigué au coucher du soleil.

À toi aussi, pourtant, tout doit sembler plus désirable que les heures morcelées cantonnées à l'intérieur, toujours affairées, jamais spectaculaires. Si Camus parle des hommes en général qui éprouvent ce sentiment de l'absurde, le supplice de Sisyphe s'apparente particulièrement au travail domestique. Il n'est accompli que lorsque chaque chose est à sa place, pour une durée infime. Puis l'épuisant travail invisible reprend, car c'est précisément là sa valeur, il ne se remarque que quand il fait défaut. Recommencer sans cesse, au rythme des repas et du sommeil des autres : aérer pour chasser les odeurs, frotter les cols sales, repriser les chaussettes, laver les fonds de culottes. Remplir les estomacs et vider les pots. Tu tires parfois une chaise pour coudre sur le pas de la porte, tout en gardant un œil sur le bouillon ou sur la sieste des plus petits. Tout est bon pour grappiller quelques instants à l'extérieur.

*

Tu te jettes dehors comme dans une vague et tu reçois la lumière en pleine figure. Tes mains sont prises par la bassine de linge. Éblouie, tu fermes les yeux par jeu, jusqu'à ce que tu sentes l'herbe souple à tes pieds. Je revois le geste avec lequel tu quittes tes savates au bord du terrain herbu qui s'étend derrière les maisons pour rejoindre le fil à linge collectif. Tu poursuis pieds nus pour entendre le frottement doux de la verdure sur ta peau. Dans la fraîcheur des bouées de trèfle, des tiges s'accrochent à tes orteils. Les feuilles frémissent au laurier. Tu t'arrêtes pour écouter bourdonner le calme qui t'entoure, rehaussé du roucoulement des ramiers, de la menace d'une pie. Dans chacun de tes pas, une chatte noire pose ses pattes, surgie de nulle part. Elle enlace tes chevilles puis disparaît sous un buisson.

Je sais que tu fais durer. Tu lisses les draps de la main, déplaces les pinces à linge pour qu'elles ne laissent pas de marque. Selon la saison, tu arraches un pissenlit, tu ramasses une mûre. La bassine vide reste au pied du fil, comme la promesse de retrouvailles. Encore un instant, le dernier torchon pend dans tes mains abandonnées. Tu te tiens droite dans la brise pour éprouver l'immuable rotation du globe sous tes pieds.

Le trajet du retour est bien court. Emportant la lumière et le reste, tu reviens à tes obligations, happée par la porte obscure, comme une torche jetée au fond d'un puits.

Deux papillons énormes apparaissent à mi-hauteur au-dessus de mon lit. Ils volent l'un autour de l'autre comme deux aimants qui se repoussent. Pourquoi choisissent-ils la fenêtre ouverte comme perchoir pour leurs explorations amoureuses ? Le vent aveugle referme le battant brusquement, les retenant prisonniers à l'intérieur. Un nouveau courant d'air libère le plus gros, qui s'élance au-dehors sans attendre son compagnon. Sur l'appui de la fenêtre, celui-ci tremble vaguement, cherche à déployer ses membres brisés puis retombe, mort. Un peu plus tard, un lézard chanceux se taillera de grosses bouchées dans ses ailes poudreuses.

*

Comment as-tu rencontré l'Autre ? Où vous êtes-vous vus pour la première fois ?

*

Il est 14 heures passées lorsqu'il arrive à Lusignes et se gare rue des Carrières devant sa demeure familiale. Non. À la réflexion, il revient probablement de La Rochelle en train, puisque là-bas, il n'a pas de garage en bas de son appartement de fonction, et qu'il n'aime pas laisser sa voiture toute une semaine au port. Il descend du train, c'est décidé, et s'arrête, pourquoi pas, au café en face de la gare où il sait qu'il peut se faire servir un déjeuner tardif. Il ne rentre pas chez lui directement, donc, même s'il s'est absenté pendant plusieurs jours pour préparer le prochain embarquement. Il se dirige ensuite vers le centre-ville, les mains dans les poches. Non, il a une main dans une poche et une valise légère qui se balance au bout de l'autre bras. Le voilà devant l'hospice. Il s'arrête un instant avec l'air d'hésiter. Il y a peut-être là sa vieille marraine à qui il n'a pas rendu visite depuis longtemps. Il entre dans la grande cour et gravit les marches de l'ancien couvent. Il emprunte, sur la gauche, un couloir qui sent le potage et pénètre dans le vaste dortoir. La clarté tombe des hautes fenêtres côté cour. Il remonte l'allée centrale bordée par deux rangées de lits métalliques. Son dos droit, ses pas sonores sur le parquet délavé, sa veste marine à boutons dorés attirent sur lui les regards impénétrables des vieux pensionnaires. La tante occupe un lit au fond, le long du mur. Il se penche sur elle. Elle le presse longuement contre son menton hérissé de poils noirs. Elle lui serre le poignet de ses doigts osseux, elle sourit. Il caresse le dos de sa main, d'une douceur éthérée. Ils discutent. Le temps, les douleurs, la nourriture, ses derniers voyages dont elle aime entendre égrener la liste – elle a peut-être été institutrice.

Son large dos semble prêt à engloutir la nonagénaire. Elle murmure : *Et ta femme ?* Lui aussi parle bas : *Le docteur dit qu'il n'y en a plus pour longtemps.* Elle, dans un soupir : *Ah, mes pauvres enfants, mes pauvres enfants.* Le souffle de leurs voix flotte jusqu'à la porte, d'où l'on ne perçoit du duo que la main noueuse d'une blancheur lumineuse enserrant le bras qui émerge de la masse sombre à son chevet.

*

Les talons claquent dans l'escalier. L'eau de Cologne embaume. Un baiser sonore rebondit sur les joues sales des deux plus petits, pendus aux jupons noirs de grand-mère. Dans les bras de Papa, je souris trop, soulevée par ta joie communicative et le sentiment d'abandon imminent, rouge, excitée. Maman sort.

Ta bouche est écarlate, tu ris comme jamais nous ne t'avons vue rire, de toutes tes dents particulièrement blanches et droites, avec la tête rejetée en arrière. Tout en expédiant les au revoir, tu tiens par le bras ta jeune sœur qui est arrivée hier, fraîchement divorcée et qui partira aussi soudainement qu'elle est venue pour rejoindre un légionnaire espagnol.

Toute la famille vient d'emménager dans la grande maison rue de la Reine. Les toilettes sont encore dehors, mais tu as déjà repeint les grilles en blanc. Chaque jour, tu montes et descends l'escalier en faisant grand bruit, vas d'un côté sur l'autre. Tu ouvres énergiquement, au matin, toutes les fenêtres de la façade pour aérer de fond en comble. Mais l'euphorie de ce soir, jamais je n'y avais assisté. Vous descendez le perron toutes les deux en pouffant et agitez les bras sans vous retourner, vos escarpins à la main. La porte se referme sur la maison silencieuse, envahie par le soir. À l'étage, un des petits pleure.

*

Il sort de l'hospice et n'a manifestement toujours pas envie de rentrer chez lui. Il remonte sur la place et entre dans la brasserie. Il tue une heure de plus devant un café, en lisant le journal, jusqu'à ce qu'enfin le jour décline un peu. L'air est frais et les rues se vident. C'est une petite ville. Ses pas le mènent jusqu'au cinéma. Il y a une séance dans dix minutes. Il pourrait encore rentrer dîner, retrouver la maison au rez-de-chaussée déserté de ses occupantes, sa femme qui agonise dans la chambre sombre de l'étage et ses trois adolescentes qui, après les soins du ménage, se rassemblent autour du poste radio et feuillettent des magazines. Il achète un billet au guichet et s'engouffre dans la salle capitonnée.

*

Vous descendez la rue de l'église en vous tenant par la taille. Vous chantez une comptine de votre enfance d'une même voix. Ce soir, vous n'êtes plus filles de personne, femmes de personne, mères de personne, juste des êtres qui se reconnaissent et s'appartiennent pour quelques heures. En bas de la côte, vous enfilez vos talons hauts, appuyées l'une à l'autre en riant. L'une de vous sort un sac de sa poche où vous fourrez les savates que vous venez de retirer et vous le cachez sous un buisson.

*

Il est assis seul au sommet de la salle vide, sur un fauteuil bordant l'allée. Les jambes étendues, il observe les hommes et les femmes qui franchissent les portes battantes. Les rangées se remplissent progressivement. La lumière diminue mais les conversations vont encore bon train. Parmi les retardataires, une femme attire son regard. Son teint est animé, elle sourit aux répliques de sa compagne. Il remarque la grâce du profil, le front haut, les boucles rassemblées sur la nuque, l'allure donnée par le chemisier ou le tailleur à épaulettes.

*

Vous êtes entrées un peu trop vite dans la salle, craignant d'avoir manqué le début du film. Vous retirez vos manteaux en vous amusant de votre course maladroite sur les pavés de la place, à l'instant. Toi, l'aînée, tu scrutes la pénombre grandissante à la recherche de places libres. Tu croises le regard d'un homme. Il a l'air de vous indiquer les deux fauteuils vides devant lui.

*

De plus près, il peut noter l'usure du manteau replié sur ton bras, le sac à main passé au cirage et, lorsque tu poses la main sur le dossier, presque sous son nez, l'alliance qui s'imprime déjà profondément dans ta main épaissie.

*

D'un large sourire, tu remercies l'inconnu et te glisses à ta place. Ta sœur se penche à ton oreille mais, alors que le noir se fait, tu n'as plus conscience que de la nudité de ta nuque exposée au regard derrière toi.

Dans *La Barque silencieuse*, je tombe sur ce passage : « Les traces à la vérité sont à jamais des énigmes puisqu'elles n'apparaissent qu'en l'absence des êtres qui les ont abandonnées derrière eux. Seule leur présence en procurerait la signification. Ce sont les traces qui sont nostalgiques, point les bêtes anxieuses qui les examinent et qui recherchent au fond de leur âme les visages qui leur correspondraient, les noms ou les chants qui les appelleraient. »

*

Tes talons claquent sur l'asphalte. Je sais que tu aimes ce bruit car tu as, en marchant, un sourire diffus. Nous avons divagué dans la fête foraine. Tu t'arrêtais pour échanger quelques mots avec des connaissances en prenant la pose, une jambe négligemment avancée, le pied pointant légèrement vers l'extérieur, le coude où s'accroche l'anse de ton sac à main ramené contre la hanche. Et moi, comme un reflet miniature, singeant ta posture symétriquement, une main accrochée à ton coude libre. Même large sourire – je m'amuse vraiment, d'autant plus que je sens l'immense plaisir que tu prends à cette déambulation publique –, mêmes lunettes de soleil papillon. Tu sens ta taille bien marquée par la ceinture de l'imper, tu remontes la rue le menton en avant, tu marches vite, l'air affairé, et je trottine derrière toi. Les regards se lèvent sur ton passage. Tac tac tac. Tes talons marquent la mesure, tes jambes sont un compas qui mesure le monde. Voilà le portillon. Tu l'ouvres en conquérante, il grince clair dans ses gonds. Le gravier crisse sous tes escarpins de dame. Tu ouvres la porte, rapide, efficace, tu retires tes gants doigt par doigt, poc, les lunettes sur le guéridon, le bout de l'annulaire porté au coin du rouge à lèvres, la ceinture, les boutons défaits, le rang de perles dans l'échancrure du manteau.

*

Après ton départ – *Elle a laissé la porte grande ouverte. Il l'a trouvée comme ça en rentrant, la porte ouverte et plus personne dans la maison* –, Papa a fermé la porte d'entrée à clef et elle est restée condamnée depuis. À part toi, personne ne passait par l'entrée principale de toute façon. On utilisait toujours la porte qui donnait sur la ruelle, par la courette cimentée où le petit linge séchait sur des fils de fer tendus le long des jardinières. Même le docteur passait par là. Pourtant il y a encore, à quelques pas de l'entrée, des traces de pas au milieu du gravier.

À partir du moment où s'insinue l'idée du changement, de la rébellion, où point la remise en cause d'un ordre établi, peu importe l'ancienneté de l'état des choses et sa solidité. Cela signifie qu'il est perfectible ou néfaste et qu'il doit être questionné. La personne chez qui le doute a germé n'est plus à sa place et la cherchera toujours.

*

Parmi la liasse de papiers et de coupures épinglés que tu as laissée, j'ai retrouvé une carte postale exotique sans signature, en poste restante : « Ma fleur de tiaré, mon corail de feu, ma déferlante. » Est-ce qu'il t'a adressé la parole ce soir-là, à la sortie du cinéma ? Un petit dialogue imaginaire se terminant par : *Je vous écrirai*. Et tu es allée à la poste régulièrement, jusqu'au jour où t'attendait une lettre ou une invitation à un premier rendez-vous.

*

Tu lèves les yeux de ton ouvrage et surprends les derniers rayons du soleil. Il vient de descendre assez bas pour passer sous le plafond de nuages gris avant de disparaître derrière la colline. Le faisceau est fabuleux et soudain, comme une rampe de spots éclairant brusquement une scène : des ombres immenses allongées sur le pré réchauffé, les dernières feuilles scintillant de rouge et d'or aux bras gracieux des arbres, le ciel jaune et rose. Tout, puis plus rien. Les feuilles redeviennent opaques, les arbres griffus, la plongée du soleil sous l'horizon éclabousse le monde d'une bourrasque glacée et la cuisine retourne aux ténèbres.

Tu t'assois au bord de la cheminée et commences à façonner une mèche épaisse avec une feuille de journal chiffonnée. Les enfants jouent sûrement auprès. Tu détaches tes bas et les retires rapidement puis reposes ton pied, que tu trouves soudain un peu fort, sur le rebord en brique. Tu enflammes le bouchon de papier et, d'un geste rapide, le frottes le long de ta jambe avec de petits mouvements circulaires du poignet. Tu appliques le même traitement à la deuxième jambe avec une grimace et de petits sifflements. Les enfants te fixent, les yeux ronds. Quand tu as terminé, tu jettes le journal au feu en caressant tes tibias lisses. Au choc sourd contre la porte de derrière, tu devines les sabots qu'on retire et rattaches vite tes bas. La porte s'ouvre. *Oh, ça sent le cochon grillé ici !*

*

J'ignore pourquoi on s'acharne à lutter contre cette tendance générale qu'ont toutes les choses de retourner à l'état de friche. Limer ses ongles, arracher les poils qui repoussent sans cesse, repeindre ce qui jaunit, enlever les mauvaises herbes, mener une guerre renouvelée au lierre rampant, à l'invasion implacable des ronces, aspirer la poussière, assouplir sa mémoire. Tu contemplais peut-être, parfois, comme le fond d'un puits la tentation de te laisser gagner par la sauvagerie. Serait-ce abdiquer quelque chose de son humanité ou, au contraire, entrer en résistance ?

Et pourtant, il y a des heures où la nature, même dans ton jardin vivrier, te paraît étrangère. Aux premières heures du jour ou à son déclin, elle se détourne de toi et parle un langage que tu as perdu. Sous sa rosée fraîche, elle te dégoûte vaguement. Tu trouves au dessous des feuilles des airs visqueux, les bords de murs recèlent des formes indistinctes, la moindre racine semble prête à onduler. Dans son indifférence souveraine, elle se déploie comme une fleur géante de sous-bois, répugnante et hors de portée. Tu n'oses pas glisser les mains sur les troncs. Tu as l'impression que ce chat t'évalue de ses yeux jaunes. Puis la journée s'installe. La sauvagerie se tapit dans les ombres. Les courgettes reprennent leur air bonhomme et retranchent leurs tentacules rugueux dans un monde invisible à ton inspection de propriétaire. Le chat cligne des yeux et passe une patte par-dessus son oreille.

Est-ce que tu te serais contentée d'un homme qui se serait assis, les matins neufs, sur le seuil ensoleillé ? À l'orée de la maison encore dormante, les yeux un peu fermés, il aurait saisi le bas de ta jupe au passage, pour partager avec toi le calme courageux du jour qui se prépare. Flanc contre flanc, vous auriez laissé aller vos pieds à dessiner des ailes aux cailloux, en raclant la poussière.

Mais tout ce que je revois ou que je peux recréer des scènes matinales, c'est ce geste de Papa pour chausser en silence ses sabarons beiges. Je revois sa silhouette appuyée d'une main contre le chambranle, penchée vers la jambe repliée, et l'index immuable qui tire l'arrière du chausson de laine pour l'ajuster au talon. Puis il enfile les sabots et sort. Il n'offre rien que le dos de sa veste de bleu, l'arrière d'une casquette et un nuage de buée sur lequel la porte se referme. Il est déjà tourné vers l'extérieur, sans un regard à travers le carreau.

Le départ

DEUXIÈME VERSION

Mais non, en fait, lui, son premier, c'était un grand con. Il voulait prendre une affaire d'équarrissage mais il était gros comme un grillon et pis y buvait. Fait que ça avait pas marché… Et quand elle a dérapé… Elle a plus jamais revu ses enfants. Elle est partie du jour au lendemain. Ce qu'y a c'est que l'autre, il était en mer et y avait laissé les clefs de sa garçonnière pour qu'elle s'y cache un temps. À La Rochelle je crois qu'elle était, la garçonnière.

*

Il y a des visages à la surface du thé. On dirait qu'ils lui crient quelque chose. Des dizaines de visages, chacun dans une bulle. Que disent-ils ? On dirait qu'ils pleurent. Il faut qu'elle se dépêche. Elle va jeter ce thé froid, plein de beurre et de miettes. Quand elle le voit comme ça, elle se demande comment est-ce qu'elle peut le boire. Il y a une heure, ça ne lui posait pas de problème d'en prendre de grandes gorgées après y avoir trempé sa tartine, mais à présent, ça la dégoûte. Elle va ranger son bol après l'avoir nettoyé alors qu'elle pourrait tout laisser en plan, comme ça. Prendre son sac et laisser les tiroirs ouverts, les miettes. Elle préfère laisser juste un courant d'air. Si peu de traces. C'est bon maintenant, elle a tout, son sac, ses papiers. Elle va prendre un parapluie, il s'est remis à pleuvoir, le violet, tiens. Est-ce que c'est cette couleur qu'on appelle gorge-de-pigeon ? Il n'en aura pas l'utilité. Elle pense à lui, à ce dont il aura besoin. C'est maladif. Elle aurait voulu partir d'un coup, comme on va acheter des cigarettes, sans préméditation, et disparaître dans la nuit. C'est quand même ce qu'elle fait. Elle prend juste un parapluie, pas le noir, le violet dont il n'aura pas besoin, parce qu'elle n'est pas vache. Elle est détachée de tout. Elle ne pense même pas aux enfants. De toute façon, les grands, bientôt ils n'auront plus besoin d'elle. Et le petit... Elle ne trouve plus le papier avec l'adresse ! Si, il est bien là, au fond de sa poche. Elle laisse les clefs sur le guéridon. Elle laisse même la porte ouverte. Un courant d'air, elle a dit. Pas de miettes, pas de bol taché de thé, les tiroirs bien fermés. Juste un courant d'air. Il pleut mais il fait doux. Est-ce que c'est la dernière fois qu'elle voit la maison ? Elle a si souvent regardé cette route pour ne pas tomber dans le vide. Elle avait quand même de la gueule, cette façade. Si ses parents avaient pu voir ça, ça leur aurait fait les pieds. Voilà où elle a réussi à arriver. Avec rien. Rien. Ses parents ne lui ont rien donné, ni personne d'autre. Elle y est arrivée toute seule à ça. Deux étages, des volets à persiennes, une vigne vierge. Toute seule. Broder et coudre le soir. Garder les enfants, les siens, ceux des autres. Les armoires sont pleines de conserves et de linge. Tiens, elle a encore les doigts tachés par les légumes. Elle aurait dû les frotter avec du bicarbonate. Ça ne fait pas très chic. Tant pis. Elle vaut mieux que ça et mieux que les autres, avec leurs regards de biais. Elle est trop bien pour le reste du monde. Il n'y a personne dans la rue. Elle va se dépêcher, ils ne comprendront pas s'ils la voient avec une valise. Et puis après tout c'est pas grave. Elle va essayer de se souvenir de ce bruit de feuilles, la brise dans les grands noyers d'en face. Si elle marche les yeux fermés, elle sent le goudron mouillé, elle entend les feuilles et son pied qui cogne sur l'asphalte. Ça lui donne presque envie de pleurer, ces feuilles qu'elle entend bruisser pour la dernière fois. Elles contiennent tant de ses errances. Elle pleure sur ces heures à valser avec la panique sur le bruit des feuilles. Voilà une poule de Kleber sur la route. Est-ce qu'elle devrait faire quelque chose ? Elle s'en fiche, qu'il se débrouille avec ses poules. Viens. Viens petite. Mais qu'elle est bête. Viens là on te dit. Voilà. Retourne dans ton poulailler, tu vas te faire écraser, imbécile. Ça passe vite dans cette rue. Elle revoit sa Ninette sur ce mur. Ses petites jambes bronzées couvertes de bleus. Elle ne sait pas si elle va y arriver. Elle s'était promis de ne pas y penser. C'est horrible. Elle pourrait y retourner. Juste elle. Elle l'emmène, elle ne dira rien, ne prendra pas de place. Toutes les deux sur la route vers l'inconnu. Attends. Maman arrive. Ne pleure pas. Oh non, Mme Belot est devant chez elle. Elle ne l'a pas vue. Vite, demi-tour. Elle ne sait plus. Que faire ? Elle a oublié d'enlever la souris des toilettes. C'est quand même incroyable cette histoire. Quand elle l'a vue entrer dans les toilettes hier soir, elle ne pensait pas l'y retrouver ce matin. Elle a fermé la porte pour l'empêcher de sortir puis elle a oublié. Quelle peur elle a eue en voyant une masse de poils collés flotter dans la cuvette ce matin. Comment elle est allée se fourrer là ? Tout ce qu'elle laisse, c'est un courant d'air et une souris morte dans les toilettes. Elle ne se retourne pas. La mère Belot l'a vue. Elle a vu la valise. Il n'y a plus de retour en arrière possible. Elle sent son regard dans son dos. Elle le dira aux voisines dans un instant. Elle racontera les escarpins, la valise. Elle en rajoutera. Elle dira qu'elle l'a toisée, qu'elle faisait la fière. Alors qu'elle pleure et qu'elle vient de se tordre la cheville. Elle a si mal à la tête. Maintenant qu'elle est sortie du quartier, les gens ne s'attarderont pas sur ses yeux rouges. Pourquoi est-ce qu'elle fait ça ? Elle ne peut pas. Elle n'y arrive pas. Ses pieds avancent tout seuls comme si elle les avait bien dressés. Elle a tellement envie d'aller s'effondrer sur la panthère du tribunal. Elle se lèverait et l'emporterait. Elle n'aurait plus rien à décider, ni mouvement ni choix. Ou plutôt, la panthère serait entrée dans la maison pendant la nuit et aurait dévoré tout le monde, mari, enfants, sauf sa Ninette. Et elle les aurait emportées toutes les deux au cœur d'une forêt. Après des jours de marche, en serrant sa fille sur sa poitrine, elle aurait trouvé la hutte abandonnée d'un charbonnier. Quelques coups de balai, en quelques semaines elle leur aurait fait un petit nid coquet pour elles deux. Seules au fond des bois à observer les lièvres se nettoyer le museau dans la clairière, suivre les grognements des hérissons pour trouver leur nichée à apprivoiser. Ah, qu'est-ce que c'est ? Juste une branche sèche poussée par le vent.

Ça a fait un de ces bruits. Est-ce qu'elle a filé ses bas ? Elle n'a qu'une paire de rechange. Non, ça a l'air d'aller. Elle a mal au ventre. Elle aurait dû aller aux toilettes avant de partir, mais elle ne pouvait pas à cause de la souris morte. De toute façon elle était bloquée. Elle n'aurait rien pu faire. Elle espère que tout ne va pas avoir besoin de sortir d'un coup, comme ça peut lui arriver. Il faut qu'elle se concentre. Souffler. C'est pas possible, il n'y a pas de toilettes ici. Elle ne peut plus tenir. Elle a si peur. Personne ne s'est encore rendu compte qu'elle était partie. Elle pourrait rentrer par la porte grande ouverte et la refermer derrière elle. Elle aurait juste à retirer la souris des toilettes avec la pince de la cheminée et à ranger ses vêtements dans l'armoire. Ensuite elle irait chercher les enfants, leurs petits visages sales. Et tout recommencerait. Lui, il ne dirait rien. Est-ce qu'il dirait quelque chose ? Est-ce qu'il se doute ? Tout se sait, comment peut-il ne se douter de rien ? Est-ce que ça aurait pu être autrement ? Elle a déjà pensé à ça si souvent. C'est marrant, on a vraiment l'impression que ces troncs d'arbres ont des visages. Surtout le grand, là. Il a deux yeux tombants avec un regard triste et doux. Même quand elle avance, elle voit toujours le visage triste qui la suit. Elle a l'impression de l'avoir déjà vu. C'est étrange, il lui rappelle vraiment quelqu'un. La lune. Oui, il a le même visage que celui qu'on voit sur la lune. Sauf que la lune, elle a toujours eu l'impression qu'elle pleurait avec la bouche ouverte. C'est insensé ce qu'elle est en train de faire. Une mère ne part pas. Pourtant elle part, et par moments ça lui paraît complètement naturel. La plupart du temps même. C'est la seule chose à faire pour elle. Elle est une femme qui s'enfuit avec une valise à la main. Les gens marchent autour d'elle et personne ne remarque rien. Pourquoi est-ce qu'elle suffoque alors ? Pourquoi cette impression qu'on lui arrache les entrailles ? Elle se fait ça à elle-même. Non, c'est eux qui lui font ça. Tous. Mais qu'est-ce qu'elle a, celle-là, à la fixer de l'autre côté de la fenêtre ? Oh, c'est son reflet. C'est à ça qu'elle ressemble ? Une folle en cheveux avec une valise. Hideuse.

PARTIE III

Méduse

Une guêpe sans tête traverse le chemin. Ses pattes raides sont parallèles au sol.

Quatre fourmis arrivent à sa rencontre. Elles l'entourent et l'emportent.

Deux minuscules ouvrières, libérées de leur fardeau, leur emboîtent le pas.

*

Tu t'es accroupie au bord de la route pour regarder la fourmilière grouiller en silence à la rescousse de ses œufs. Ça s'agite au milieu des décombres de la colonie. Il s'est produit un cataclysme auquel aucune petite bête n'a l'idée de chercher un sens. Qu'une déesse vengeresse ou une géante meurtrière ait frappé leur cité, peu importe. Pourtant, elle devait être munie de solides souliers, un peu comme les tiens, sous lesquels s'agitent d'ailleurs quelques antennes collées aux croûtes de terre. Tu relèves la tête et offres ton visage au vent. Qu'a dit la maîtresse ce matin à propos des fourmis ? Il y a des ouvrières et des guerrières. Les coudes en appui sur tes genoux écorchés, tu te demandes à quelle catégorie tu appartiendrais. Une bourrasque soulève ta jupe derrière toi et, dans un même élan, celles des camarades qui se tiennent debout non loin de là. Vous y êtes toutes indifférentes. Vos jambes sont blanches de la poussière calcaire du chemin et vos conversations animées. Résonnent en contrebas les voix des garçons qui sortent à leur tour de l'école. Ils crient qu'ils ont vu vos culs. Quand ils arrivent à votre niveau, l'une d'entre vous exige qu'ils portent vos sacs. Tu parles, il y en a quand même pour un kilomètre. *Ah, on porte vos sacs ? Mais si tu veux qu'on touche vot'cul. Si on touche pas vot'cul, on porte pas les sacs.*

Chaque soir, c'est le même manège, les filles attendent les garçons, qu'on fait sortir plus tard de l'école pour pas que ça se mélange. Il y en a une ou deux qui ont rapporté à la maîtresse à propos des sacs et des culs, et deux garçons se sont fait punir. Ce soir, ils ont mijoté leur coup. Alors que votre petit groupe chahute sur le chemin du retour, abrité par les grands massifs de ronces qui bordent la route poudreuse, les deux gars attrapent les drôlesses et les déculottent à toute allure. Ils commencent à leur flanquer une fessée quand toi et les autres leur tombez dessus. Cris, griffures, insultes, ils décampent en soulevant la poussière. Les deux culottes pendent mollement aux épines fleuries des mûriers, hors de portée. Il faudra bien se résoudre à le dire au père, avec des sillons de larmes sales sur les joues, qui viendra les décrocher avec une gaule. Tu te dis qu'elles n'ont pas fière allure, ces culottes. Toi, c'est de honte que tu pleurerais si, comme elles, tes culottes reprisées étaient exposées à la vue de tous. Depuis que le fils des voisins t'a fait une réflexion à ce sujet en te passant comme d'habitude la main aux fesses, ta mère dit à qui veut l'entendre : *Je sais pas c'qu'elle a, la petite, je peux plus y faire porter de culottes que j'y ai reprisées maintenant. Il lui faut des culottes neuves !*

J'ai longtemps ri, moi aussi, à ces histoires piquantes. Tout le monde avait la sienne à raconter. Mais depuis, tout ce que j'entends, c'est qu'on ne vous lâchait jamais la culotte.

J'ai enfin ouvert *La Trame conjugale : Analyse du couple par son linge* de Jean-Claude Kaufmann hier et, dès les premières pages, je tombe sur ce passage : « La femme est plus généralement la gardienne du linge portant le destin familial et le sien propre. Rien n'illustre mieux cette identification profonde que la place occupée par le trousseau au XIXe siècle. Dot féminine, il se charge alors d'un sens plus fort : l'armoire bourrée de linge libère les ambitions et les rêves de la jeune fille. [...] Puis, y compris après la mort, marque de l'honneur de la ménagère, par sa quantité et par la qualité de son entretien. »

*

Ils y sont encore, ces trucs blancs au fond du jardin de la voisine. Qu'est-ce que ça peut bien être ? À côté de chez nous à Saint-Elme vit une petite vieille qu'on appelle mémé Maria. Elle occupe une baraque derrière laquelle s'étend un étroit terrain très pentu. Tout au bout s'élève un tas où elle jette les rebuts de la cuisine, tous les déchets organiques de la maison. Depuis quelques jours, toi qui as toujours l'œil à tout, tu as remarqué des choses blanches sur ce bourrier et tu as décidé d'en avoir le cœur net. Tu viens de voir Maria sortir. Elle va changer l'eau des fleurs à l'église comme tous les matins. Tu sors à ton tour, agile, et soulèves le loquet du jardin. Une rampe en tubes grossièrement soudés a été installée par le Premier pour que la vieille puisse se hisser le long de la pente. Ta main s'agrippe au métal froid, couturé à intervalles réguliers de bourrelets lisses. Le bourrier est là-haut. Tu contournes les clapiers qui sentent la paille pourrie en y provoquant une agitation muette puis tu traverses le territoire des poules, un no man's land jonché des crottes blanches et d'épluchures. Elles t'assaillent avec leurs yeux mauvais, espérant du grain. Deux d'entre elles fouillent les restes de légumes qui pourrissent sur le tas avec leurs grosses pattes écailleuses. Ce que tu avais vu de loin s'avère être une paire de grands draps blancs en toile de ferme. Tu les examines du bout d'un bâton. En redescendant, excitée par la découverte, tu t'arrêtes sous l'abri tendu de bâche jaunie où la vieille rentre son bois, pour voir s'il lui en reste assez, et parce que tu veux tout savoir. Il y flotte un jour trouble alourdi du parfum de l'écorce humide et des légumes qu'on garde sous la paille. Tu écoutes la vie du dehors qui te parvient étouffée et tu aimes te dire que personne ne viendrait te chercher ici. Machinalement, tu fais tourner entre tes doigts un trousseau de clefs rouillées qui traîne sur l'établi, comme tu fais tourner ces draps dans ta tête. Cette après-midi, ta belle-mère vient te voir. Tu lui confieras ta trouvaille. Vous retournerez en expédition récupérer les draps et elle ira les laver à la rivière avant de te les rapporter. Vous y couperez des torchons et tout un tas d'autres choses. Une aubaine. Alors pourquoi est-ce que tout cela commence à avoir un arrière-goût amer ?

Que se passe-t-il quand tu rencontres l'Autre ? Est-ce que tout ton système de représentation change ?

La Trame conjugale, de nouveau : « La représentation de soi construit l'unité de la personne. Unité illusoire, mais l'important est l'illusion de l'unité ; [...] L'image que chacun se forme de lui-même est donc logiquement hésitante et changeante. C'est sa première caractéristique. La seconde est que la représentation de soi est toujours susceptible d'être en décalage avec le réel. Le changement vient de ce décalage, contre l'habitude. »

Je crois que je tiens une piste, même si tout cela est ténu et compliqué. Tu ne te vois plus de la même façon. Et ce nouveau toi qui émerge ne peut plus s'accorder avec ce qui t'entoure : les enfants, le linge, le voisinage. Un peu plus loin, Kaufmann parle de la folie dont l'imaginaire est capable lorsqu'il fabrique les scénarios possibles de notre vie. Il décrit un petit cinéma intérieur où on projette ces scénarios.

Peut-être que les scénarios qui se déroulaient dans tes parcs enchantés, la maison avec ses rangées de fenêtres, la respectabilité minuscule du quartier, sont en train de muter. Ils s'élargissent pour prendre la forme d'îles sous le vent.

Ce matin, j'ai vu un de ces crapauds écrasés sur la route. Celui-ci est tout sec, comme tanné. Tellement plat et rigide qu'on pourrait le décoller du goudron avec ses boyaux qui lui sortent de la bouche et ses pattes écartées, et le glisser entre les pages d'un livre.

*

Je sais – on me l'a dit – que vous vous donniez rendez-vous dans les vignes sur les coteaux voisins. Je suis allée m'y promener, d'abord le nez au sol, comme une archéologue cherchant des traces. Était-ce dans l'espoir d'y trouver l'équivalent d'une pointe de flèche, d'une aiguille en os, un vestige de tes amours clandestines ? Je n'ai rien trouvé de tangible. Assise par terre, j'ai senti les calcaires durs sous mes fesses, j'ai entendu le roulis des cailloux amplifié par le vent. Peut-on faire l'archéologie des gestes, des sons ?

*

Tu arrives la première et grimpes entre les rangées de vignes, espérant ne pas être vue. Tes pieds roulent sur les mottes. Tu es sûrement trop endimanchée. À mi-coteau, tu t'arrêtes pour changer de chaussures. Tu poses le panier suspendu à ton coude en écoutant ton souffle résonner, ton cœur battre contre tes tempes et dans le creux aigu de ton estomac. Des pas réguliers font croustiller la terre sèche derrière toi. Affairée à ton panier, comme si tu n'entendais rien, tu sens le désir monter en toi avec ces pas qui gravissent la colline. C'est cela qui te surprend le plus, cette envie inédite, qui est bien plus qu'un consentement. Peu importe, ensuite, que vous ayez parlé ou pas. Peu importe le tour de passe-passe par lequel tu t'es retrouvée allongée sur son manteau, la lumière trop crue de la matinée, les cailloux durs dans ton dos. Tu es surprise par son habileté à te débarrasser de tes vêtements, par le fait qu'il te déshabille tout court et qu'il se déshabille aussi. Tes doigts prennent note du nouveau grain de peau, tes bras du nouveau volume que tu enserres. Puis tu n'es plus surprise, tu veux uniquement que ces mains, cette bouche continuent leur exploration jusqu'au bout, quels qu'en soient le propriétaire et le prix à payer.

Peu importeront ensuite la maladresse avec laquelle vous vous rhabillez, ton entrejambe collant que tu vas rincer tant bien que mal deux rangs plus loin, la culotte mouillée qui pourrait dessiner une auréole sur ta jupe. Pour l'instant tu es allongée sur le côté, tes yeux scrutent le pied de vigne juste devant toi, les herbes folles, le sol crevassé. Ton sang bruisse doucement à tes oreilles, comme le roulement du sable au retrait lent d'une vague. Au contact de la main chaude qui repose sur tes côtes, à la base de ton sein, tu es un oiseau palpitant, infiniment précieux.

J'ai failli marcher sur un minuscule oisillon tombé au pied de la vigne vierge qui recouvre l'hôtel. Il est à la fois osseux et mou. Un duvet épars parsème ses moignons d'ailes. Sous sa peau flasque, des ombres bleutées, comme chez les grosses larves de hanneton.

*

J'ai interrogé les anciennes voisines de Saint-Elme. C'est l'une d'elles qui m'en a parlé avec un ton repentant. Je me suis alors souvenue des serviettes hygiéniques en tissu que tu utilisais et qu'il fallait laver chaque mois puis livrer, sur le fil à linge, au regard inquisiteur des autres femmes du quartier : *Nous, on guettait les serviettes qu'elle pendait à sécher au jardin. Je suis sûre qu'elle faisait exprès d'en laver pour pas qu'on sache qu'elle attendait un petit.*

*

La lune entre par la fenêtre dont les volets sont restés ouverts. Elle projette, sur l'édredon, l'ombre d'une croix marquant l'emplacement d'un mystère. Les minutes sont découpées par l'aiguille sonore du réveil et les heures par le clocher presque millénaire. Comme une gisante pâle, tu reposes les yeux ouverts, retranchée en toi-même, savourant la liberté infinie du cours de tes pensées, inaccessibles à quiconque et surtout au mari allongé si près de toi. Pourtant tes idées tournent autour d'un point unique. Tu sais déjà. Le corps a une intelligence qui lui appartient. Le grain de riz autour duquel se réorganisent tes entrailles a la densité du plomb.

Je me demande si l'Autre n'a jamais été autre chose qu'une silhouette, le support d'un fantasme : Tahiti, Vladivostok, la marine marchande. Peut-être est-ce pour cela que tu t'es attachée à lui. Un homme occidental, même pauvrement né, pouvait aller louer ses bras sur un bateau, faire fortune en Amérique, devenir un Blanc partout ailleurs. Pour une femme bien née, cela était rare et sulfureux. Pour une femme du peuple, c'était impossible.

Tu as peut-être flairé, par procuration, ce goût de l'aventure, un reste de vent salé dans ses cheveux. L'ailleurs, c'était l'idée d'un salut. En tout cas je ne crois pas que ton choix ait été anodin.

Je cherche des signes avant-coureurs, des indices de ce qui va suivre. Mais je me demande si je n'œuvre pas avec mauvaise foi. Je cherche ce que je veux trouver.

*

Les graviers crissent sous tes pas dans la courette. C'est une journée de novembre courte et grise, comme toutes les autres. Il te semble que jamais l'hiver n'en finira alors qu'il n'a pas encore commencé. Il fait pourtant assez doux pour que tu te tiennes dans la cour avec un simple châle, semblant chercher quelque chose. Tu valses avec tes vieux démons, la fuite, le repli, et le nouveau venu, que tu couves et qui compromet les deux autres. Mais le vent mouillé s'en mêle pour t'empêcher d'être bien nulle part dehors, à moins de te jeter dans un travail physique ou sur la route. Tu contemples cette idée qui t'emporte un instant loin de l'intérieur où le jour décline si vite après déjeuner, des pièces sans joie, du foyer éteint, des fausses heures de tranquillité de la sieste. Tu n'as jamais réussi à te dire que cela allait de soi, cette disponibilité totale aux autres, attendre que les enfants se réveillent, incapable de rien entreprendre quand tout aurait pu être interrompu. Pourtant, tu as encore parfois tant de projets et d'envies, reproduire une blouse aperçue sur une fille d'ingénieur, tapisser l'entrée, arranger un massif ou partir à travers champs, bêcher, couper, porter, creuser. Avoir le sang qui monte aux joues, éprouver une bonne fatigue, la satisfaction du travail qui se voit. Tout, sauf l'épuisement usant de la répétition, se pencher cent fois pour ramasser un objet, cuisiner d'une main une soupe qui attachera, ranger, essuyer sans cesse, s'user les os et la peau sans jamais avoir la satisfaction de vraiment faire travailler ses muscles.

Qui d'entre vous a eu l'idée de vivre ensemble ? Tu n'osais rien dire, toi, dans le silence de vos rendez-vous furtifs. Et lui : *Tu pourrais t'installer chez moi. Quitte-le. Mais je ne veux pas de tes enfants. J'ai déjà élevé mes trois filles. Viens. Je ne veux pas rester seul.*

Ou bien, un midi, dans une de ces belles brasseries de La Rochelle où il t'a emmenée une fois, un an après la mort de sa femme. Il a demandé : *Qu'est-ce qu'on fait ?* Et toi tu as proposé : *Je pourrais venir vivre ici. Oui mais sans tes enfants, les miens sont élevés. Je ne veux pas recommencer.*

*

L'Autre aime t'entendre parler, écouter ton opinion sur tout. Il est très vite convaincu de ta vive intelligence, tout comme le Premier l'a été, et la plupart des gens. Une remarque un peu décalée, ton regard intense même lorsqu'il est dans le vague produisent souvent cet effet. Encouragée, tu te laisses aller, découvres le plaisir d'être écoutée, les terres vierges de la conversation. Tu t'enhardis, pérores un peu avant de couper court dans un gloussement.

Jamais tu ne parles de tes enfants, persuadée que tu ne lui plais que parce que tu existes pour lui en dehors du domestique. Il est évident que tu ne peux pas tout être, une femme libre et une mère. Les préoccupations qui envahissent tes journées deviennent quantité négligeable, même les joies – surtout les joies – que peuvent te procurer tes enfants. Entre femmes aussi, d'ailleurs, ces instants lumineux de la maternité, ces bonheurs de pur présent sont mieux gardés que les secrets d'alcôve. L'attendrissement infini que provoque un regard posé sur une tempe bleutée, une joue de massepain, la joie secrète que procure la main minuscule cherchant l'abri du corsage, l'odeur douceâtre de la bave, c'est dans ces interstices que se logent le mystère de la relation à son enfant et la liberté si complexe qui l'accompagne. Lui confesser cela, à lui qui possède statut, vocation, descendance, sans compter la légitimité d'un veuvage tout frais, t'exposerait au risque de ne pas être comprise et serait pris comme l'aveu d'une infériorité intellectuelle.

À l'inverse, tu vois bien que tu es l'objet d'une mise à l'écart soupçonneuse de la part des voisines, toutes mères, comme toi, de nombreux enfants, mais questionnant peu cette charge. Tu ne parviens pas à partager les conversations sans fin sur les soucis quotidiens, les griefs contre un mari ou un petit dernier. Face à elles, tu ne fais pas suffisamment preuve de ton dévouement. L'ordalie ne sera jamais assez pénible pour racheter l'impardonnable distance que tu imposes, prise pour de la fierté et du mépris.

Soit tu penses trop, soit tu ressens trop. On ne peut t'accorder de faire les deux.

J'ai lu aujourd'hui un passage qui m'a frappée dans le *Journal de la création* de Nancy Huston :

« Le 4-5 juin 1987

[...] je découvre de première main le sens de Dr Jeckyll et Mr Hyde. Mon visage ne se couvre pas de poils et mes dents ne deviennent pas des crocs ; au lieu de cela, mon cœur se met à cogner, mes tripes à palpiter, ma tête à tourner, mes dents à claquer – et j'ai envie de tuer – je suis poussée à tuer – moi-même et les autres – dès que quelqu'un s'approche de moi je me sens en danger de mort – les couteaux et les balcons sont spécialement épouvantables (parce que "je" ne veux pas commettre ces crimes, je reçois l'ordre de les commettre ; je m'épuise à résister à ces ordres et à préserver un semblant de normalité). »

Dans ces moments, je ne peux pas faire autrement que voir le signe que j'avance dans le bon sens, car j'ai toujours été persuadée que tu étais sujette à ce genre de pulsion vertigineuse. Est-ce parce que je l'ai expérimentée moi-même ? Le lire sous la plume de quelqu'un d'autre renforce étrangement cette conviction.

*

La première fois, ça t'est arrivé à la ferme du Puy. Tu es encore toute jeune et partages alors une partie des corvées avec une fillette venue du Limousin, dont tout le monde raille le patois. Jeanne. Cette petite ne restera pas longtemps au Puy car une connaissance lui trouvera une place à Paris, auprès d'une famille bourgeoise qu'elle servira pendant plus de cinquante ans. Tu iras d'ailleurs lui rendre visite, une fois, après ton grand départ, au volant de ta 2 CV. Vous dormirez dans le même lit, dans la chambre de bonne de Jeanne, vous vous promènerez le long des grands magasins. Jeanne te laissera ouvrir toutes ses boîtes cartonnées roses ou vert pâle, qui sentent la poudre et recèlent des trésors d'un autre âge, une broche ornée d'un camée, des gants en fil, une houppe en duvet de cygne, des flacons de parfum au contenu ambré dont l'alcool a tourné, une bobine de dentelle noire où tremblent des perles de jais ; menus cadeaux de la maîtresse de maison au fil des années de service. Je crois que Jeanne vit encore, à plus de cent ans, seule dans un pavillon qu'elle avait acheté pour sa retraite en périphérie de Limoges.

Je m'égare. Alors que tu partages avec la Jeannette la clarté tombant de l'unique fenêtre de la cuisine à la ferme du Puy, et que vous ourlez des torchons au creux de la matinée, tu es prise pour la première fois de ce vertige meurtrier. Tu as à la main une paire de petits ciseaux pointus et, quand Jeanne se penche pour ramasser une aiguille tombée à ses pieds, tu contemples un instant le dos de ton amie et t'imagines y planter les ciseaux. C'est un appel sans rage ni violence. Le geste, gratuit, te paraît être d'une extrême facilité. Tu as du mal à soutenir le regard de Jeanne qui se relève, ignorant tout du combat qui vient de se livrer. Cet élan, tu le redécouvres – est-ce une coïncidence ? – dans la maison rue de la Reine, lorsque l'un des enfants passe devant toi alors que tu tiens un grand couteau. Il s'agit d'un vertige inavouable, du même ordre que celui qui donne envie de se laisser tomber dans le vide depuis une hauteur. Il suffirait d'un pas. Cela, d'ailleurs, te saisira également au volant de ta voiture, l'idée qu'un petit écart te ferait voler dans le décor. Tu t'abîmes secrètement dans la contemplation d'un geste tellement simple et si radical.

Est-ce que tout bascule quand tu es installée dans ta maison à étages ? Comme une mue trop étroite, tu délaisses ton plan initial, imité des ingénieurs de l'usine. Tu sais à quoi ressemblent leurs maisons cossues, car tu y fais quelques ménages. Tu sais qu'on y salit ses draps et qu'on s'y ennuie aussi. Tu as compris que, faute d'y être née, il faudra payer un prix exorbitant pour singer leurs manières. Les petits cols blancs, les blouses brodées, le rouge à l'église et le thé avec ces dames coûteront le triple en efforts, en courtes nuits à repriser, en conserves à faire, en bois à rentrer. Les enfants sont déjà trop nombreux, quant au Premier, soit il ne t'aime plus assez, soit son horizon est trop borné, il ne bataillera pas pour des rêves qui ne sont pas les siens.

Est-ce la vie ordinaire que tu ne supportes plus ou l'absence de choix ?

*

Tu t'es éveillée avant tout le monde, d'un rêve dont tu émerges à peine, au bord de l'orgasme. Tu essaies désespérément de prolonger cet état pour le laisser imploser, mais tu as suffisamment basculé dans le jour pour ne plus sentir, au bas de ton ventre, que la pression de ta vessie pleine. Tu te retournes, les yeux volontairement scellés, pour te repasser en boucle les caresses dont tu viens de sortir avant qu'elles ne s'effacent sans appel de ta conscience. La magie s'est dissipée. Tu quittes le lit conjugal et enfiles la longue robe de chambre boutonnée haut. L'escalier grince horriblement. Il te semble que tu erres sur les entreponts d'un vaisseau désert. Dans la cuisine froide, où rien n'est encore aménagé, tu craques une allumette pour relancer le chauffe-eau, réchauffes la tisane de la veille, trop écœurée par ta grossesse nouvelle pour avaler autre chose. Tu n'en as parlé à personne, espérant peut-être qu'elle s'interrompe spontanément. Tu ne peux y remédier autrement, les faiseuses d'anges du quartier sont trop bavardes. Tu repousses sans bruit les volets du salon pour attraper le jour nouveau et te laisses tomber dans un fauteuil, enroulée dans les roucoulements des pigeons devant la fenêtre ouverte. Soudain, tu réfrènes un mouvement de tête. Tu as cru voir bouger le châle noir. Tu te contentes de faire rouler ton œil dans le coin pour ne pas faire trembler la toile qui s'est tissée entre toi et ce que tu as pris pour un fauve.

Tu sais que c'est un tissu mort, mais tu as si souvent reçu la visite de félins noirs ces derniers temps qu'à cet instant tu en es convaincue, il y a là une panthère, toute de crocs et de calme, qui s'étire au soleil et s'évaporera si tu respires. Les pleurs légers venus de l'étage secouent ta torpeur. Tu saisis le châle et essuies, en va-et-vient inutiles, la buée laissée sur le carreau par le fauve disparu.

À l'instant, deux moineaux ont fait irruption par la fenêtre ouverte de ma chambre d'hôtel. Dans leur vol éperdu, ils heurtent les fenêtres et les murs. J'ouvre tout en grand et j'attends. L'un d'eux, sentant le courant d'air, parvient à trouver une sortie au hasard de son vol déboussolé. L'autre s'entête dans un coin où il se cogne brutalement. Il n'entend pas d'abord les longs sifflements de son compagnon qui l'appelle depuis l'extérieur. Puis ils lui parviennent enfin, au-delà de la panique, et le guident vers la liberté où il se précipite avec des battements froissés.

*

Sur la banquette à côté de toi, un couple achève son déjeuner. La femme se lève et se dirige vers le fond de la salle. L'homme, déjà âgé, tient sur ses genoux un tout petit enfant dont il semble soutenir le menton. Le petit accroche ses doigts menus à la grande main de son père et y colle sa bouche pour recracher quelque chose. Tu es frappée par la tendresse du geste paternel, sa main en coupole refermée sur le chocolat écœurant, la serviette essuyant délicatement la petite bouche. Tu y reconnais l'amour exclusif de certains hommes, pères sur le tard, envers leur très jeune enfant, souvent un garçon, adoré, qu'ils portent, gâtent et dorlotent. Un plateau couvert de fruits de mer surgit devant toi. Les ampoules en forme de bougies des appliques se reflètent dans le métal argenté, la glace pilée déborde en copeaux éclatants, les huîtres sont pleines de lumière jaune. Des colonnes de bulles scintillantes montent perpétuellement du fond des verres. Tu ne parviens pas à le regarder dans les yeux. *À notre premier déjeuner dehors, mon amour ! Il pourrait y en avoir souvent, tu sais.* Ton regard fuit l'intérieur boueux des tourteaux, les bêtes informes qui pendent hors de leur coquille, l'amas visqueux brandi au bout d'un petit pic comme s'il venait d'être extrait d'une narine. Tu beurres quelques tranches de pain frais. Le patron de la brasserie s'arrête à votre table et pose sa main sur l'épaule de l'Autre. *Alors, capitaine, on embarque bientôt ? Après-demain. Pour onze mois. Bon, dans ce cas, je vous laisse profiter de madame.* Tu te concentres sur la pince de crabe luisante que tu tournes entre tes doigts, sa pointe lisse et noire, ses articulations arrondies, son contact solide et froid. Tu tentes d'oublier ton ventre encore discret qui pourtant t'oppresse continuellement. Ton estomac est plein d'une eau vaseuse qui ne demande qu'à s'échapper avec les mots que tu cherches pour annoncer cette grossesse impossible. *J'en ai marre d'être seul toute la semaine à La Rochelle. Si tu t'installes dans l'appartement, on pourra dîner ici souvent tous les deux. La belle vie. Ce n'est pas un peu petit ? Pour nous deux, c'est largement suffisant.* Les gens vont et viennent devant toi. Par intermittence, tu aperçois ton reflet dans le miroir de l'autre côté de la salle et, décalé, le reflet de ta nuque renvoyé par la grande glace derrière toi puis répété à l'infini, là-bas, au côté de ton visage, deux faces de toi-même également solitaires, se perdant dans un tunnel de plus en plus sombre.

Il passe d'abord son museau à travers la haie. Son profil blanc se perd dans les branchages, à partir du front. Puis il émerge du fouillis de troncs, semblant emporter quelques rameaux en guise de ramure. Une patte après l'autre, il s'avance sur l'herbe libre, lentement mais sans appréhension. Un mur de brouillard encercle le jardin, faisant écran aux menaces. Quelle apparition merveilleuse. Il suffit de voir une fois un chevreuil pénétrer notre espace familier, fouler amplement nos plates-bandes, tourner avec calme sa belle tête parée et fixer la maison pour comprendre pourquoi les cervidés peuplent les légendes avec majesté.

*

Le bruit de la poignée, avant même que la porte ne s'ouvre, fait se dissoudre le chevreuil dans la brume d'où il est né. Tu sors dos au jardin. Ton manteau est gonflé d'un paquet que tu protèges. Tu as emprunté la porte arrière pour éviter la rue de la Reine et rejoindre la ligne de chemin de fer, où tu plonges comme un second abandonne le vaisseau sur le canot de sauvetage, à la faveur du petit jour.

Tu te concentres sur les gravillons, l'herbe du bas-côté, le tangage régulier de la marche pour ne pas réveiller le bébé juste né. Tu livres ton visage à la fraîcheur poudrée de l'air. Voilà la croix qui sort de la brume comme une proue sans navire. Après le calvaire, à gauche, par les prés. Le soleil est en train de gagner la partie. Déjà la marée blanche se retire au fond des vallons. Elle reflue au rythme de tes pas. Le sorgho rouge vibre dans le champ du bas, à la chaleur qui s'annonce. Les coings sont des joyaux dans la tignasse des haies. Le dos tire, les bras fatiguent. Il faut attaquer la côte en contrebas de la dernière ferme. Ton souffle est court dans le raidillon. Tu prends garde de poser les pieds sur l'herbe du chemin plutôt que dans l'ornière boueuse. À mi-pente, tu reconnais l'arbre couché qui ressemble à un gros animal endormi. Les chênes joufflus se rejoignent au-dessus du sentier. Voilà le premier clocher des faubourgs ouest, il dégonfle le dernier nuage de sa flèche pointue.

D'une chiquenaude, tu déloges une punaise clandestine, tapie sur ton épaule. La carapace pivote, les ailes se déploient, elle prend son envol. Que voit une punaise ? Le chemin devient une ligne, la femme au bébé un point mou. Un courant d'air dévie sa route, l'ombre d'un oiseau aussi. Combien de temps peut-elle voler ? Elle survole des toits jaunes, tachetés de mousse, la canopée des platanes se rapproche. Éviter une troupe de pigeons au bord d'une gouttière, rue, virage à gauche, à droite, aux fenêtres des chats, des chants, slalom dans un marronnier, fenêtre ouverte. Atterrissage sourd le long d'une coiffeuse.

La punaise s'immobilise au bord du miroir, sous son ventre traîne un ventre jumeau, une patte semblable est attachée à chacune de ses pattes griffues. Elle s'aventure avec prudence à la surface de cette mare aux reflets verdâtres d'où émerge un visage fardé.

« Mais non. Je ne vous abandonne pas.

— Mais si !

— Oh, et puis c'est bon ! Vous n'avez plus besoin d'une grande sœur. Vous allez apprendre à vous débrouiller sans moi. »

La face ronde s'éloigne à nouveau de la surface. Au milieu, deux yeux plissés, sourcils exagérément arqués, au niveau de la tempe, une main suspend son geste autour d'une pince à épiler.

« J'ai le droit de partir. Je suis majeure. Je n'allais pas rester enfermée ici.

— Avec nous, tu veux dire. »

Les yeux se détournent, s'abaissent un instant et se relèvent. Une houppe jaunie caresse l'ovale de la joue qui se fond dans l'ovale biseauté du miroir.

« Tu sais bien que c'est pas ça que je veux dire. Et puis chacune son tour. »

Les yeux se lèvent furtivement, au-dessus du miroir, vers un autre visage rond, accroché au mur dans un autre ovale de bois. Son expression est fixe et il est ceint, pour la postérité, d'un voile virginal tenu bas sur le front par un bandeau à la mode des années 1920.

« Maintenant je suis une femme mariée, moi aussi. Je fais ce que je veux.

— Et tu vas partir loin.

— T'es jalouse ? Dans deux ans, toi aussi, tu sortiras de l'école normale. Tu viendras me voir. »

Le sourire fraîchement peint en rouge s'épanouit.

« Je pourrais même te trouver un poste à Oran, avec moi !

— Et moi, alors ? Je reste toute seule avec papa ? Vous avez tout prévu sans moi ?

— Allez, ne pleure pas. On n'a rien prévu du tout et Catherine reste là pour l'instant.

— Mais oui, tu vas te trouver un amoureux. Allez, dans cinq ans tu es mariée. C'est vite passé.

— Viens là… »

Derrière les trois têtes accolées, l'ombre des marronniers se balance sur le mur. Elle caresse le papier peint de ses doigts en éventail, comme des étoiles noires, vibrantes, sur le fond rose.

Le reflet du feuillage enchevêtré de lumière masque la mariée dans son cadre. Au gré des courants d'air affleure une bouche sérieuse ou un regard lointain.

« Écoutez !

— On frappe.

— Attendez-moi ! »

Les trois silhouettes disparaissent dans les profondeurs du miroir. Une odeur de sueur et de poudre se dissipe dans le claquement de la porte. Le chant des ramiers roule dans la clarté verte de la chambre. En bas :

« Bonjour.

— Est-ce que Georges Minier est là ?

— Non, il est en voyage.
— Ah, oui. Pardon… Merci. »

*

Qu'est-ce que tu cherchais ce jour-là ? Est-ce que tu n'y tenais plus, tu voulais partager ton secret ? Ou bien, inquiète déjà de sentir que quelque chose n'allait pas chez le bébé, tu cherchais son soutien. Mais ce sont ses filles qui ont ouvert. Elles s'en souviennent encore.

*

Les chambres de la maison de l'Autre donnent sur une place étouffée de marronniers. Au printemps, leurs chandelles blanches entrent presque par les fenêtres du premier. C'est par cette place que tu as dû arriver. C'est le plus commode quand on vient comme toi du quartier Saint-Elme en contournant largement l'usine par les champs pour éviter le centre-ville. Tu lèves peut-être les yeux vers la fenêtre ouverte… *Une demoiselle sur une balançoire…* vers les ramures vertes rayées de noir où se mêlent le roucoulement des pigeons et une chanson à la radio… *se balançait à la fête un diman-che…* Tu ne t'attardes pas, contournes l'angle de la place, *Elle était belle et l'on pouvait voir…* et te retrouves dans l'ombre froide de la rue… *ses jam-bes blan-ches sous son jupon noir.*

Pour rejoindre la porte d'entrée de la maison, il faut franchir un porche. Je me souviens d'un passage long et étroit au bout duquel on devinait un jardin assez touffu.

Alors disons que tu t'engages sous le porche, ployant de plus en plus sous le poids du bébé, et débouches dans cette cour ou ce jardin. De la rue, il a l'air vaguement extravagant. Peut-être a-t-il été planté d'espèces exotiques, palmiers, gunneras, fougères, à la taille inquiétante.

Des bananiers aux troncs massifs forment un dais brun à la sortie du porche. Les rosiers et le jasmin cherchent la lumière qui passe au sommet des hauts murs et ont épanoui un feuillage dense et sombre qui envahit les parterres avant de laisser place à de grandes branches épineuses qui retombent en lianes sèches. Un bouquet d'arums énormes, dont les tiges, comme des tentacules lisses, ploient sous de gigantesques corolles blanches, trône au centre du gazon moussu. Tu as peut-être un mouvement de recul en frôlant leurs indécents pistils dressés. Ou bien ne vois-tu rien de tout cela parce que la courette est simplement envahie de gros hortensias fanés. Ou encore es-tu concentrée sur la porte qui approche et l'appel désespéré que tu viens lancer.

La porte s'ouvre, ça, c'est sûr. Et son cadre est empli par trois visages roses, des boucles denses, des sourcils de poupée, des regards interrogateurs derrière des lunettes papillon, trois paires de seins pointus, des ongles rouges, du parfum, de la sueur. Trois femmes-filles épanouies, indécentes de vies potentielles, là où devait se trouver une planche de salut.

La porte se referme, cela aussi est avéré, sur quelques mots bafouillés. « Non, il est en voyage… »

Et, tu tombes dans le vide.

« En période de guerre, la temporalité change pour les acteurs sociaux, qui vivent une sorte de décrochage au cours duquel, subitement, ils vont se mettre à penser et à faire des choses différentes de ce qu'ils avaient anticipé. [...] C'est un phénomène de densification. La Grande Guerre, par exemple, s'étale sur quatre années et demie, mais subjectivement beaucoup plus, en raison de la densité des journées, des semaines, des heures parfois... Un temps qui pèse ensuite beaucoup plus lourd que le temps ordinaire dans la vie individuelle de ceux qui ont survécu, car ils en ont été profondément affectés.

Cela tient à l'expérience concrète de la mort et de la violence qu'offre la guerre, où la vie biologique est en jeu. Les représentations sont entièrement envahies par des choses aussi élémentaires que sa propre survie, sa propre fuite, etc. »

(Stéphane Audoin-Rouzeau, « La guerre est l'épreuve de vérité de nos sociétés »).

J'ai lu ceci il y a quelques jours. Cela vient éclairer ce que je crois comprendre de ta propre guerre à ce moment-là, de ton propre deuil, celui que je ne peux pas me représenter et dont personne n'a jamais parlé. J'ai le sentiment à chaque fois qu'une nouvelle pièce du puzzle vient s'emboîter. Est-ce cela que l'on nomme la sérendipité ?

*

Ton bébé est devenu une toute petite fille. Elle repose, grise, entre tes bras. Elle n'a rien mangé depuis une semaine, les bains ne soulagent plus son ventre douloureux et son lange est parfois taché d'un peu de sang. Ça y est, assise dans le couloir pâle de l'hôpital, tu as perdu ton nom, ton âge. Tu n'as plus de passé ni d'avenir. Tu n'es plus seulement une mère, tu es l'attente et l'inquiétude résignée. Le temps passe sur ton dos courbé et tes bras formant berceau. Il n'y a plus de sommeil ni de faim pour toi. Tu demeures assise, tentant d'imprimer si fort le bébé sur ta poitrine que tu espères qu'il va y retourner. Une infirmière te conduit dans le bureau du médecin. *Alors voyons voir cette grande fille. Elle a mal à son petit ventre ?* Tu lui souris machinalement et tu as conscience de tes lèvres soulignées de rouge. Tu espères qu'il se dise : *Voilà une bien jolie maman*, pour qu'il prenne bien le temps d'examiner l'enfant, qu'il opère sa magie. Il tâte son ventre avec application, se lave les mains, sourit à son tour, trop te semble-t-il, lorsqu'il demande à l'infirmière de te conduire à une chambre. Tu crois avoir oublié de lui demander ce qui se passe.

Tu n'es plus sûre d'avoir entendu les mots qui tournent pourtant dans ta tête. Tu rejoins la communauté docile des apeurés.

On t'introduit dans une grande chambre déserte où tu choisis un lit au pied de la fenêtre, éclairé faiblement par le jour blanc, bordé au carré de draps immaculés. Il fait froid. *Je suis là, je suis là*, et tout en berçant comme tu berces sans plus y penser depuis des années, tu ramènes à toi d'une main la couverture réglementaire pliée au pied du lit. Le lange te paraît très mouillé, tu n'as rien pris pour le changer mais tu découvres machinalement l'enfant pour vérifier. Tu ne comprends pas ce que tu vois, un emmaillotage trop confus, trop rouge, plein de caillots solides. Tu tires la cloche d'appel. Quelqu'un va venir. Il faut que quelqu'un vienne et fasse quelque chose. Tu voudrais être visitée par l'Esprit saint, personne d'autre n'est de taille à répondre à l'immensité de ton désarroi. *Désarroi, désert, désert*. Tu comprends à présent pourquoi on le cherche quand on est si éloigné des ports sûrs. Tu marches sur un fil, en équilibre, d'un côté le désespoir, la douleur, la folie, de l'autre l'illumination, la folie aussi. Tu es une pietà sans auréole. Que reste-t-il quand la sainteté est absente ? Une mère à l'enfant qui ressemble à toutes les mères qui attendent, leur petit endormi contre leur sein.

La petite ne bouge pas, ses traits sont détendus. Tu entends remuer derrière la porte. Quelqu'un va venir et te dire que ce n'est rien, juste une grosseur bénigne, on voit ça souvent. Une opération de routine, dans un mois elle gambadera comme un cabri. La rivière coule en contrebas. Elle charrie un gros tronc brun qui file dans les eaux agitées. Un homme promène son chien sur la rive d'en face. Pourquoi faut-il que tout soit si symbolique ? Comment a-t-il dit, le docteur ? Une masse de la taille d'une orange. Non, d'une pomme. Vous voyez, une pomme, ça ne vous rappelle rien ? Avec un *p*, comme *pécher*. Elle est située dans l'utérus, c'est rarissime chez un enfant de cet âge-là. *Du jamais vu*. Oui, tant qu'à faire, pour que ce soit bien clair. Quelle faute doit-elle expier, ta petite, et pour qui ?

Il fait très froid dans cette chambre. Tu ne sais pas combien de temps s'est écoulé, tu somnoles et il te semble doux de sombrer avec ce petit corps contre toi. Ce calme doit durer toujours. Le visage tourné vers la fenêtre, tu suis un nuage sale glissant sur le ciel de craie. Le monde est vide, même le temps a disparu. Tu vas flotter sans fin, car rien d'autre n'est possible.

Le linge entre ses jambes rougit maintenant tes doigts et le lit. L'horreur est toujours là. Tu ne vois pas d'autre issue que d'aller les chercher tous, tes autres petits, et de vous noyer ensemble dans l'eau blanchâtre qui court en bas, puisque l'espoir a disparu dans le siphon du monde.

Tu te vois laisser là l'enfant, sortir de la chambre, remonter le couloir nu, sortir de l'hôpital, marcher droit devant ou plutôt laisser loin derrière, le plus loin possible, le cauchemar silencieux qui ne se contente pas de se répéter depuis des millénaires que les femmes perdent leur enfant, mais qui se répète pour toi dans le temps dilaté, chaque minute, sans répit, les plus petites unités de temps étant des prisons en soi.

Je suis là, je suis là. Tu sonnes à nouveau, encore et encore, sans pour autant oser réveiller l'enfant immobile.

Il ne faut pas qu'elle ait froid, c'est pourquoi tu remontes la couverture haut sur tes épaules, ta tête en est presque couverte, pour que les grands pans vous enveloppent comme un manteau. Tout tremble à l'intérieur de toi sauf ta main plaquée entre les jambes de l'enfant. Des pas se rapprochent, l'aiguille de la pendule a à peine bougé, la tache s'étend jusqu'aux frontières du lit, rouge entre les pans bleus.

Tu quittes le cimetière par le sentier glacé. Derrière toi, les femmes disposent en silence des graviers blancs sur la tombe minuscule, les hommes muets ne savent pas quoi faire de leurs mains. Les plus jeunes s'agitent déjà en retrait, cherchant des trésors par les allées.

Il règne une aube éternelle sur la campagne blanchie. Personne ne te voit partir devant, à travers champs. Tu marches face au soleil aigu, aveuglée par l'indécent scintillement du chemin. Bientôt, seule sur l'étendue nacrée, tu n'entends que ton souffle blanc et le crissement de l'herbe gelée sous tes pas. Dans un vallon, des ronciers te font cortège. Leurs épines nues s'enroulent sur elles-mêmes. Figées dans leur élan comme des carcasses de monstres disparus, elles abritent des volées de moineaux fous. Tu crois distinguer une tête ébouriffée parmi leur masse noire. Mais là où ton cœur aurait dû se serrer, tu ne trouves plus rien qu'une vaste chambre d'écho, lisse et miroitante comme un palais de glace. Il te semble que tu avances sous sa voûte hérissée de cristaux où ton image morcelée se réfléchit, multipliée au point de devenir illisible. Ici, tu ne ressens plus le froid glacial. Ton visage doit être dur et bleu, mais tu as beau en traquer le reflet complet, tu t'éparpilles en fragments vibrants d'orifices et de toisons obscènes, ici, là-bas, partout, nulle part.

Sous le soleil qui monte, une volée de perdreaux court en tous sens avant de s'envoler lourdement. Deux lapins fendent la garenne. Le bruit de leur fuite redonne forme à tes oreilles, la sensation de l'herbe amollie remonte le long de tes jambes. Le froid pénètre enfin tes cuisses, l'air vif ta poitrine vide. Tu te mets à courir. Le bord des feuilles est givré au sucre, les brins d'herbe sont des bâtons d'angélique. Tu fends toi aussi la garenne, sans fuir, pour le plaisir de la course infinie.

Le long des talus exposés à l'est monte un brouillard oblique tandis que la gelée s'évapore. Si tu pouvais regarder le soleil en face, tu verrais en son centre une petite bouche en cul-de-poule en train de l'aspirer doucement.

Le départ

TROISIÈME VERSION

La vérité c'est que l'autre il embarquait à Brest cette fois-là. Quand elle est partie elle avait laissé les gosses tout seuls et ils sont allés trouver leur grand-mère, tous les trois ou quatre, je sais pas combien y avait. Elle en avait un qu'était mort. Il avait pas deux ans. Ça a dû la rendre... Et c'est après ça qu'elle était allée retrouver l'autre là-bas, avant qu'y reparte à l'aut'bout du monde.

Où est l'exaltation ? Qu'est-ce qu'elle croyait ? Elle pensait vraiment partir avec des semelles de vent ? Du plomb, oui. Elle cajolait des idées de grand départ, de tête claire et d'yeux secs plongés dans le lointain, mais même si à eux, ses petits si petits côte à côte dans le lit moite, elle a condamné la porte de ses pensées, elle entend en boucle le grincement d'un portillon, celui de la maison ou du cimetière, elle ne sait plus. Pourtant, elle l'avait joué dans sa tête, l'arrivée du car vide devant la gare, le petit café blême, la fumée froide, une crécelle à la radio. Tout cela était intrigant, romanesque comme un Simenon. Mais l'attente le menton tremblant, non.

Pourtant, est-ce qu'elle serait partie uniquement poussée par l'exaltation ?

Je crois que ce sera ma dernière version du départ. Je ne sais pas si elle est plus plausible que les autres. Je me trompais peut-être sur ses raisons. Il faut imaginer qu'elle n'est plus sûre de ce qu'elle fuit ni de ce qu'elle cherche. Elle se découvre encline aux doutes, aux larmes. C'est pathétique. Les bords de route sont gelés. Le monde au-dehors semble figé par l'hiver, maisons grises, arbres noirs, ciel blanc. Tout ça est d'une tristesse. Le Coin menteur, Le Mulon de Sainte-Anne, Chez Annie, Au Rond-point, Le Narval, La Grosse Berline, L'Embuscade. Elle n'avait jamais réalisé qu'il y avait autant de cafés à la périphérie des villes. Là aussi, la vie s'égrène en minutes et en heures. Comment a-t-elle pu oublier qu'il n'y a pas d'acte isolé et qu'il va lui falloir une vie pour rejoindre Nantes puis Brest, pleine d'instants malins qui débordent soudain puis se vidangent aussi vite, prêts à la faire basculer dans le vide ? On s'arrête. Deux femmes remontent le couloir vers la sortie... *Et là il lui dit : « Allez, un verre de Noa, monsieur le curé, ça vous fera bander ! » Il lui sort ça le gamin de sept ans ! S'il l'a dit, c'est bien qu'il l'a entendu quelque part.* Il lui semble qu'on l'emmène loin d'une terre dont elle était déjà étrangère. Bannie.

Il fait très froid. Les vitres sont givrées à l'intérieur. À présent, elle regarde autour d'elle comme si elle n'avait jamais vu de car, comme si ce conducteur était la première trogne au monde. Par la fenêtre troublée, elle voit dans la vitre d'une nouvelle gare routière le reflet du véhicule à l'arrêt. Elle reconnaît sa petite tête solitaire derrière un des carreaux, au-dessus de l'inscription inversée « Rapides du Poitou ». Ça pourrait être Greyhound ou Transsibérien, ce serait pareil. Un bout d'affiche publicitaire entre dans le cadre, sur lequel elle peut juste lire « monde ». Une flèche de signalisation placardée au-dessus indique la direction opposée.

Le moteur se rallume. Son diaphragme reste en suspens. Elle cherche encore des yeux son reflet dans la gare qui s'éloigne. Elle a l'impression d'avoir oublié quelque chose. Les rideaux battent son visage, les vibrations remontent le long de ses jambes, de son bassin. Elles remplacent son pouls, montent et enflent à tel point qu'elle-même n'est plus rien d'autre qu'un tremblement dans l'odeur poussiéreuse des rideaux.

Une fille est montée à l'arrêt précédent. Elle observe sa propre image dans la vitre, rajuste son pendentif et un sourire affleure à ses lèvres. Une lettre recouvre le livre de classe ouvert sur ses genoux, relue sans fin avec des soupirs, le menton coquettement posé dans la main. Ni indulgence ni envie. Elle n'éprouve rien en regardant cette fille que la curiosité suscitée par un poisson dans un aquarium.

Elle sursaute pourtant. Le papier est-il toujours là ? Bien sûr, elle a vérifié cent fois au fond de sa poche. Elle aurait dû recopier cela proprement, le nom du bateau et le jour de l'embarquement, même si elle les connaît par cœur. Elle a aussi noté l'horaire de son arrivée à Nantes et du départ suivant pour Brest. Elle se demande peut-être où elle dormira ce soir, mais elle voudrait ne jamais arriver, continuer cette errance pour toujours. Si elle ne vide pas sa valise, les démons n'en sortiront pas.

Elle aperçoit deux arbres à l'entrée d'une ferme. Ce ne sont déjà plus que des souvenirs mais elle garde l'image précise de leurs deux troncs très proches, s'élevant droit. Chacun avait deux grandes branches nues en guise de bras. Il lui a semblé, c'est passé si vite, qu'ils se tenaient par la taille, ou plutôt que l'un d'eux, le plus petit, se jetait dans les bras de l'autre.

À Nantes, je la vois devant un café, pourquoi pas, nulle part comme on l'est en voyage. Derrière elle, deux vieux garçons parlent de leur mère nonagénaire comme de jeunes parents le feraient de leur nourrisson. *Il faut qu'elle marche, qu'elle marche, il faut bien que ça descende. Je lui ai donné un laxatif. Après elle avait faim. Elle a mangé deux pommes cuites et un peu de blanc de poulet avec des pâtes.* Comme elle n'a rien emporté à manger, elle achète un sandwich pour la première fois de sa vie. Elle monte dans le deuxième autocar, qui arrivera en fin d'après-midi. Le goût du saucisson sec et du beurre salé la surprend comme un trop grand raffinement – là, vraiment, j'invente gratuitement. C'est moi qui ai mangé ce sandwich en gare de Nantes il y a des années, mais c'est une autre histoire. Elle doit bien finir par caler son sac contre la vitre gelée pour dormir un peu. Le roulis de la route l'anesthésie. Elle flotte, l'estomac plein, dans un entre-mondes où plus aucune émotion n'existe.

Lorsqu'elle s'éveille en sursaut, le temps est clair. Le car traverse la banlieue de Brest en chantier et elle ne sait plus à quoi se raccrocher. Tout lui revient violemment : où elle est, ce qu'elle fuit. Elle se répète qu'il est trop tôt pour descendre. Elle ne veut pas revenir dans cette vallée de larmes. Elle a envie de pleurer de rage mais n'y parvient pas. Elle se cogne – peur, détresse, peur, colère – contre des parois de verre. Quoi faire ? Comment rester assise ? Comment se lever ? Terminus, les portes accordéon s'ouvrent sur le vide. Elle va tomber.

Mais son pied se pose sur l'asphalte, comme celui du premier homme sur la Lune. Ça sent le goudron frais. De l'autre côté de la rue, debout au milieu des décombres, se tient l'Hôtel des voyageurs. Le soleil perce sous les nuages, les mouettes se passent des messages aigus qui arrivent peut-être aux oreilles de Georges, qu'elle retrouvera tout à l'heure, radieux, avant son embarquement.

PARTIE IV

L'absente

Avant de sortir manger, j'ai terminé *Fugitives* d'Alice Munro. La dernière nouvelle se finit ainsi : « On dirait que quelqu'un de calme et de décidé [...] a entrepris de l'emmener hors de cette chambre avec ses cintres de fil de fer et son rideau à fleurs. De l'emmener doucement, inexorablement, loin de ce qui commence à se désagréger derrière elle, se désagréger et s'assombrir tendrement pour se résoudre en une apparence de suie, une douceur de cendre. »

*

Je me souviens m'être réveillée dans la nuit. Ou bien je n'arrivais pas à m'endormir ? Malgré tes dix ans d'absence, je ressentais ta peur immense et ta solitude. Secouée de larmes, panique. C'est le lendemain matin que l'Autre m'a téléphoné.

*

Je suis chez toi, à La Rochelle. Je suis venue seule, tout juste sortie de l'enfance. Depuis le canapé où je me tiens raide, j'entends l'Autre préparer du café dans la cuisine. Je fais face à un portrait de toi au bras d'un homme, hors cadre. Vous marchez dans un chemin forestier et tu ris à gorge déployée. Rien ne bouge que les grains de poussière dans le trait de soleil et les mouches, en petits vols bondissants, qui se posent sur l'image et, dirait-on, entrent et sortent de ton nez.

Après le café, l'Autre me conduit dans la chambre où tu vivais recluse depuis quelques mois. Je peux emporter ce que je veux. Il se retire, encadré semble-t-il de deux spectres pâles, et je reste seule.

La pièce est petite et meublée simplement. Une grande armoire aux lignes claires fait face à la porte. Elle contient des robes et des chemisiers, des escarpins fins rangés dans leur boîte, quelques sacs à main sont pendus à des patères. Je reconnais le blanc, en maille de raphia, son anse rigide en métal doré et son fermoir porte-monnaie dont les boules claquent sec. Un fauteuil crapaud est placé devant la fenêtre à croisée. Son galon frangé bâille au milieu. Je cherche le châle noir en crochet. J'y cherche ton odeur mais je n'y trouve que celle de la laine poussiéreuse. Je cherche une lettre dans la table de nuit, sous l'oreiller, parmi les combinaisons soyeuses. Des anneaux dorés traînent dans une soucoupe en porcelaine. Je cherche sur la table de travail, parmi les écheveaux pour la broderie, les bobines, les canettes de machine à coudre dévidées, dans une corbeille pleine de bouts de fil pieusement conservés, sous les tubes de colle, les flacons de couleur. Je cherche le long du mur, entre les feuilles de calque, les cadres tendus de toile. Dans la table de nuit se trouve soigneusement rangé, dans un mouchoir en soie, un rang de perles et des gants en maille, couleur beurre-frais.

C'est en bas de l'armoire que je trouve la boîte en carton toilé. À l'intérieur il y a des photos et une enveloppe sur laquelle il est écrit : « À conserver ». Elle contient les pages déchirées d'un carnet à petits carreaux où sont jetées pêle-mêle des notes que tu prenais et des coupures de journaux. Sur l'une d'elles, très jaunie, on voit un petit enfant replet tout nu ou presque, un énorme nœud dans ses cheveux noirs bouclés. Un entrefilet sous la photo annonce que tu as été sacrée le plus beau bébé de Champagné-Saint-Hilaire. Ce poupon souriant avec le nœud de Minnie sur la tête ne me dit rien de plus que le visage hilare que j'ai vu tout à l'heure sur le portrait du salon, car ma mère lointaine est un jupon dont je me fais une couverture, des aisselles odorantes d'où sortent de longs poils soyeux, la minuscule rose en corail pendue à son cou que je mets dans ma bouche, des colères homériques et une absence béante.

*

Note de Maman : « Peinture – Pour un visage – Bois-de-rose très dilué. Pour obtenir un ton crevette rose du havane très dilué, avec quelques gouttes d'orange. Pour les verts. Pour donner plus de chaleur au vert. Mettre quelques gouttes de rouge ou de brun. »

Tu t'étais mise à peindre. Qu'est-ce qui parlera pour moi quand ma fille fera le tri dans ma maison vide ?

Les lettres gardées, un billet glissé entre des pages, un article découpé. Qu'est-ce qui trahira les tremblements de la conscience, les regrets muets, les petits et les grands renoncements, les jardins d'orgueil et de menues fiertés, les pensées qui étayent la journée et celles qui soutiennent une vie ? Est-ce que des objets peuvent révéler les croix qui nous ont pesé et celles qui nous ont servi de colonne vertébrale, comme aux épouvantails ?

Quand nous vivions rue de la Reine, tu disais souvent : « Quand je ne serais plus là, ne me cherchez pas au cimetière. » Je me mets à la fenêtre. Des mouettes poussent leur cri. Où es-tu alors ?

« Les tubercules sont les organes de conservation qui permettent de classer la pomme de terre parmi les plantes vivaces à multiplication végétative : la plante, au lieu de se reproduire par voie sexuée grâce à la formation de fleurs et de graines, ne fait que multiplier indéfiniment ses organes végétatifs (racines, tiges et feuilles) grâce à des fragments de tiges portant les réserves nécessaires à leur reprise » (Cercle royal horticole d'Antoing, « Les loisirs de l'ouvrier »).

*

Dans l'entrain que certaines femmes mettent à apprendre, même tardivement, toutes sortes de pratiques créatives, je ne peux pas m'empêcher de voir plus qu'une tocade pour tromper l'ennui, mais bien une nécessité de ménager un espace à soi, comme en offrent tous les actes de création, et qui permet de faire de sa condition bien autre chose que la multiplication indéfinie de l'espèce à travers soi-même, comme c'est le cas du pied de pomme de terre.

*

La Rochelle n'a pas de prise sur toi. Même au bout d'un an ou deux, cette ville t'est nouvelle de manière permanente. Tu t'y sens parfaitement libérée d'attaches. Tu ne cherches pas à y trouver des repères, y créer trop d'habitudes. L'idée de l'hiver ne te déplaît pas avec ses longues journées de pluie, les séparations qui se répètent et les absences prolongées de l'Autre. Tu aimes cet état de flottement où la géographie demeure floue comme tes pensées, les détours sans cesse nouveaux, où tu retombes toujours par hasard sur les quelques lieux déjà connus. Tu vis dans les limbes.

Il n'y a que lorsque tu peins – c'est une découverte – que l'air autour de toi prend une densité véritable. Il te semble même qu'il vibre de particules scintillantes qui descendent de la fenêtre jusqu'à ta table de travail, comme dans les Annonciations. Tu ne joues plus à la bourgeoise tout à coup. Pour la première fois, tu traces des lignes sans raison, plongée en toi-même, au-delà des grands projets qui avaient rempli les parcs enchantés de ton imaginaire. Tu vois à présent des mondes naître à mesure que tes mains les créent, ils sont juste à ta taille. Tu comprends qu'ils existeront aussi fort que le souvenir des choses vécues et ce sera là désormais que tu seras la maîtresse des lieux. Ton poignet s'arque vers l'arrière, tandis que tes doigts serpentent autour du pinceau. Tu te dissous enfin dans l'instant. Tout ce que tu demandais à la vie réside dans la grâce de ce geste.

Note de Maman : « Je voudrais peindre du matin au soir, je trouve ça sublime. Car j'ai passé un temps où le temps me durait et j'ai eu l'impression de n'avoir plus rien à faire, et le vide autour de moi. »

*

Tu as interrompu il y a longtemps le trousseau que tu avais entrepris pour moi. J'ai retrouvé mes initiales suspendues sur de grands draps de toile, en blanc sur blanc, enturbannées de marguerites juste esquissées. L'une d'elles tremble de son unique pétale, effeuillée avant d'avoir été achevée. Tant mieux. Je n'y vois pas le signe ultime de ta faillite maternelle, mais plutôt une peau morte abandonnée dans ta tanière sur laquelle ton nouveau corps froid et brillant aurait glissé, résigné.

Avec la peinture, tu ne franchiras pas vraiment la dernière barrière, celle de l'Art qui affranchit de l'utile et même du beau. Mais il s'agit déjà là d'autre chose, de bien autre chose en vérité, que de l'asservissement volontaire que demandent les travaux d'aiguille.

Dans ma chambre d'hôtel, une araignée vit derrière le robinet du lavabo. Son ventre est une sphère parfaite, lisse et dorée, entourée d'une poignée de pattes frêles. Je devine sa présence patiente à la toile que je brise cent fois par jour. Et aux punaises emmaillotées de soie blanche alignées le long de la crédence.

*

Note de Maman : « Une mauvaise nouvelle. Mme Garinet est morte. Chère amie, entre nous c'était si simple pas de mots inutiles. Je repense à toutes nos conversations, tout ce que j'ai appris à votre contact, vous si simple saviez si bien faire passer, sans jamais me faire connaître mon ignorance pour tant de choses. Merci de m'avoir fait prendre conscience de ce que j'aurais pu être. »

Je suis retournée hier en bas de votre appartement à La Rochelle. J'ai eu du mal à retrouver l'immeuble, je n'étais pas revenue depuis ce jour où l'Autre m'avait appelée. Et puis j'ai reconnu la croisée de pierre qui divisait la fenêtre au premier. J'avais oublié ses minuscules carreaux sertis de plombs. Quelqu'un a ouvert un des battants, il m'a semblé apercevoir un profil à travers le vitrage. Mais c'est un chat qui a sauté sur le rebord, en émettant de petits grognements saccadés en direction des pigeons perchés sur le toit d'en face.

*

Tu es assise dans la clarté blanche de la fenêtre. Ton regard quitte l'ouvrage sur tes genoux et se tourne au-dehors, par le battant ouvert. Tu portes un chignon bas, dégageant ton front bombé. Tu répares un édredon satiné qui forme de vastes plis couleur moutarde tombant en cascades sur tes genoux et à tes pieds. Une aiguille vide à la main, tu tends ton buste vers l'appui de fenêtre.

Le silence règne dans la pièce. Depuis que tu vis ici avec l'Autre, tu n'écoutes plus de musique. Cela te bouleverse trop. Tu vis à fleur de peau. Tu absorbes le monde comme une éponge. Quelques mesures entraînent tes pensées trop loin, au bord des larmes, presque toujours. Est-ce parce que tu habites tes contrées imaginaires désormais ? Le retour au réel serait un voyage aussi brutal qu'une remontée de plongée sans palier de décompression. Tes oreilles sont aux mouettes, aux voix de la rue ou à tes pensées mystérieuses qui toujours ont couvert le silence. L'image de ton profil, quadrillée par les losanges de verre, est laiteuse sur le dossier cramoisi du fauteuil, et rouge ta bouche toujours maquillée, encadrée de deux plis durs.

J'imagine à ton doigt une petite bague articulée. Deux mains minuscules montées sur des anneaux distincts et reliés par une menue charnière placée sous le doigt. Lorsqu'elle est portée, les deux mains dorées sont jointes, l'une tenant l'autre dans sa paume, comme celles des époux Arnolfini. Lorsqu'on ouvre la charnière, un cœur émaillé apparaît, monté sur un troisième anneau pris entre les deux autres. Mais je brode. J'ai toujours rêvé de ce genre de bijou ingénieux. Tu portes en réalité une alliance en or, deux brins torsadés, que tu as déplacée à l'index peu après ton remariage, comme on le voit aux portraits du XVIe siècle. Scrutant l'horizon de ta rue, tu n'attends pas le retour du mari navigateur. Ton poignet repose sur le rebord de la fenêtre. Alors que ton corps est penché vers l'air marin au-dehors, la certitude ancrée dans tes jointures blanchies autour de l'aiguille dit : J'y ai droit.

Après déjeuner, j'ai ramassé un écureuil blessé sur le bord de la route à la sortie de Lusignes. Je l'ai placé dans une boîte pour le garder au chaud à l'hôtel, le temps qu'il se rétablisse. Je ne sais pas trop ce que j'espérais, car j'ai vu la voiture lui passer dessus et, même s'il a ensuite couru se mettre à l'abri au pied d'un arbre sur le bas-côté, le choc a été trop violent. Est-ce que j'aurais dû le laisser s'éteindre avec la caresse du vent et un ciel de feuillages ? Je craignais bien de lui causer d'ultimes angoisses en le transportant dans la salle de bains pleine d'odeurs inconnues. Mais je ne pouvais me résoudre à l'abandonner aux rapaces s'il avait une petite chance de survie. Pourtant, je n'ai pas osé retourner dans ma chambre de toute l'après-midi, comme si elle renfermait une menace. J'ai essayé de lui dire dans un langage muet de ne pas s'effrayer, j'ai eu l'insolence de tenter une réconciliation avec le règne animal *in extremis*. Puis j'ai pleuré sur la beauté raidie du petit visage roux, si étonnamment familier, vu de près, qu'on aurait dit qu'il allait se mettre à parler.

*

Tu ne te retournes pas pour regarder à quel moment tu t'es trompée de route. À trente ans passés, tu expérimentes le plaisir timoré mais grisant qu'il y a à prendre la première rue qui te tente, celui de se perdre à une heure inhabituelle – une matinée de semaine ? – dans ta nouvelle ville, encore inconnue. Par ici, non, par là, lever les yeux sur un pan de mur jaune, croiser des visages anonymes aux fenêtres, écouter ses pas résonner, se laisser surprendre par un relent de mer. Mais, tout à coup, tu débouches sur une artère bruyante et, malgré tes efforts pour replonger dans le dédale de ruelles, tu retombes sur l'avenue encore et encore. Est-ce que la ville fantasmée n'est qu'un quadrillage de rues sommaire ? Il faudra des expéditions répétées pour saisir les contours et les échappées qu'elle t'offre. À moins que tu ne te décourages avant. La matinée avance, les gens sortent de chez eux, la rue est peuplée d'ouvriers aux regards lourds, de commerçants affairés, de voitures à qui il faut céder le passage. Tu n'as même plus envie d'entrer dans un café. Soudain tu as mal au ventre, éprouves un besoin pressant d'être seule pour céder à tes spasmes. Retrouver le chemin de l'appartement, courir le long du port, regretter de ne pas avoir le temps d'y flâner avant que la magie ne s'évapore, mais vouloir une seule chose, vite monter l'escalier, jeter ton sac dans l'entrée et refermer la porte sur ta débâcle.

Note de Maman : « Aujourd'hui plus dur que d'habitude, pas dormi, mal partout, ne tiens pas debout, tout est sombre. Et je croyais l'avoir oubliée, mais elle était dans l'escalier, quand j'ai descendu. Pourquoi me poursuit-elle et me tourmente-t-elle ? Hier je l'ai aperçue derrière un arbre (hideuse) elle m'a fait très peur pour le reste de la journée. »

*

Un frisson d'horreur a parcouru mon cuir chevelu en lisant tes mots. Quel est ce spectre qui t'attend au bas de l'escalier ? Vais-je m'habituer à l'idée de tes cauchemars ?

*

Depuis quelque temps, tu ne sors plus qu'aux heures intermédiaires, comme à présent où les rues se vident. Te voilà sur les quais déserts, à l'exception d'une femme qui pousse un landau au pied d'une des fameuses tours du port. La bruine est cotonneuse autour des premiers lampadaires allumés. On dirait qu'ils se mettent à crier avec leurs grosses bouches orange. Il te semble l'entendre penser : *Pourquoi l'enfant ne dort-il pas ? Il grogne par intermittence, malgré tout le soin que je mets à éviter les marches des trottoirs et les trous du quai. J'espère que la pluie ne va pas forcir. Je vais aller jusqu'au bout de la jetée et faire demi-tour une dernière fois. S'il ne fait pas cette dernière sieste, il tétera mal et rendra tout dans ses draps alors que je n'ai plus de change sec. Pourquoi est-ce si difficile ? Personne ne se lèvera cette nuit à ma place et demain va recommencer. Je ne sais pas quoi faire de lui, ni de moi. Je me sens si mal quand la nuit tombe. Et pourtant j'ai attendu toute l'après-midi de pouvoir me livrer à la brume sur l'eau, à la pluie poudrée et au tintement des filins sur les mats.*

La femme disparaît dans la ruelle qui longe les remparts. Tu es attentive un instant toi aussi aux pavés irréguliers puis, levant la tête, tu aperçois le visage d'une vieille en foulard derrière son carreau.

Il ne viendra plus personne ce soir. Je ne peux plus broder à cause de mes yeux. Je vais placer ces carrés de journaux dans le fond des boîtes et des tiroirs. C'est tout à fait autre chose pour moi maintenant. Un peu moins de sommeil et un peu plus d'angoisse. Des pensées qui reviennent plus souvent qu'avant, des peurs plus soudaines, plus solitaires, qui se changent en détresses lentes. Il faut que je pense à mettre l'écuelle de lait pour le chat blanc devant la porte. Mais d'abord, vider les couverts du tiroir et les miettes et mettre ce nouveau morceau de journal au fond. Tiens, il y a encore quelqu'un qui quitte la pension d'à côté à cette heure-ci. Il a l'air pressé.

Tu te retournes et aperçois un homme qui se hâte de s'engager dans la rue principale.

Il faut que je me dépêche, je vais manquer le train. Ah, ma montre s'est arrêtée. J'espère qu'elle n'est pas cassée. Ça fait combien de temps que je l'ai, cette montre ? Est-ce que je l'ai eue pour ma communion ? Quand on séchait le catéchisme et qu'on allait tirer les moineaux avec nos lance-pierres à la place, c'était moi qui avais une montre ? Non, cétait Henri. Un jour le curé a été trouver ma mère. À partir de ce moment, elle m'a accompagné à mi-chemin. Un jour, j'étais repassé par le pré, j'étais arrivé à la maison avant elle et je m'étais assis à la table. Et quand elle est entrée… « J'irai pas, je veux pas y aller. » Non. C'était pas moi qui avais une montre. C'était Henri. Celle-ci, je l'ai eue plus tard. Pour le certificat d'études. Je devais avoir l'âge de celui-ci qui est en train de sortir.

Un garçon sort par le grand portail du collège. Il te frôle en passant. Tu n'as pas eu le temps de voir son visage. Tu te jettes dans un passage désert pour ne recroiser personne et faire taire les voix dans ta tête. Tu te sens en permanence perméable aux gens. Comme le sillage d'un parfum, le train de leurs pensées t'envahit. Ils sont partout, dans les livres, les journaux, les rues et les campagnes reculées, ceux qui pétrissent des secrets, qui couvent une angoisse du lendemain, de la minute qui va suivre. Tu ne sais pas comment vivre en sachant cela. Tu as parfois peur que le cri du monde t'anéantisse.

Note de Maman : « J'ai cassé ma voiture, que dire que faire, rien. Je pense depuis longtemps que je conduis mal, pas assez attentionnée les médicaments sans doute ? Je ne sais plus tout ce que je fais est mal. J'ai dû refouler beaucoup ma peine. Je ne me pardonne pas. »

*

Dans le silence de la nuit, tu caresses en pensée les lobes de ton cerveau. Tu as dû voir ses circonvolutions sur une planche anatomique ou directement sur les cervelles de mouton aux étals de boucherie. Ce qui se passe dans ta tête te devient aussi étranger que ce qui se passe à l'extérieur.

Note de Maman : « Ce matin elle était là au bas de l'escalier, il y avait quelques jours que je n'avais pas eu sa visite, j'étais presque tranquille. Je pensais ne plus la revoir, son visage est très méchant et inquiétant. Pourtant cette nuit j'ai dormi. »

*

Quand j'ai lu tes mots à propos de ta visiteuse, je lui ai attribué la tête de la Méduse antique. Et il y a quelque temps, j'ai lu ça :

« Alors… Il était une fois un courageux héros nommé Persée, qui poursuivait un terrible monstre connu sous le nom de Méduse. Méduse avait des serpents pour cheveux, et les hommes qui la voyaient se changeaient en pierre…

— Hahaha

— Mais pourquoi tu ris ?

— Elle était nue Méduse ?

— Sans doute, c'était dans la Grèce antique.

— Quand les hommes voient des femmes nues, ils durcissent toujours !

— Bon, enfin, la déesse Athéna a donné à Persée un bouclier magique. Arrivé dans le repaire de Méduse, il s'en est servi pour la trouver en faisant attention de ne regarder que son reflet…

— Ah oui, comme quand les hommes regardent des images de filles nues et pas les filles elles-mêmes.

— Hmm, je suppose… Alors Persée avec son bouclier pourchasse le reflet de Méduse et d'un coup magistral, il lui coupe la tête…

— Hé, attends ! Est-ce qu'elle était déjà sortie de son repaire pour forcer des hommes à la regarder, pour les changer en pierre ?

— Non, l'histoire ne dit pas ça. Elle…

— Donc Persée est allé chez elle, où elle faisait rien de mal, pour lui couper la tête ! »

(Emil Ferris, *Moi, ce que j'aime, c'est les monstres*).

Depuis, je relis cette apparition de l'escalier très différemment. Tu vois une tête effrayante comme une gorgone échevelée. Une femme punie, comme Méduse, pour s'être laissé séduire et qui fait horreur au monde. Qui tient le glaive, dans mon histoire, et qui se reflète dans le bouclier poli ?

Note de Maman : « Plus que fatiguée, depuis ce matin c'est très dur pour tenir debout et mettre une idée devant l'autre, pourtant je m'en veux, ma maison n'est pas aussi soignée qu'elle était, et puis tout est moche. »

*

Tu écoutes les bruits de l'immeuble. Tout te semble amplifié, les sauts du chat de la voisine du dessus, les voitures qui n'en finissent pas de manœuvrer sous les fenêtres, les voix dans la rue, la chaudière qui se déclenche. Puis tu te ressaisis, penses au bonheur que tu ressens encore parfois et te concentres uniquement sur la sensation du ventre chaud contre ton dos.

Un oiseau chante au-dehors. Sa petite phrase musicale contient des rémanences d'été et de douceur incongrues au milieu de cette nuit de février. Il distille une excitation mêlée de l'angoisse de surprendre, sans avoir dormi, le chant du petit matin, de ne pas avoir respecté le cours normal des choses, le sommeil devant aller avec la nuit.

Surprendre, toujours éveillée depuis la veille, la naissance d'un jour nouveau est un état de grâce d'autant plus court qu'il est porteur de sa suite immédiate, le vrai jour à affronter, non plus puissant mais déjà défait, fatigué. Je crois que tes amarres ne tiennent plus qu'à un fil. Tu les as serrées jusqu'au bout mais elles étaient trop usées.

Note de Maman : « Cette après-midi j'ai eu la visite de Mme Vaillant. Elle joue de l'orgue, elle m'a dit y trouver tout ce qui manque dans la rue et au contact des autres. Je trouve que c'est un peu mon cas pour la peinture, je trouve que ça me comble et me rend plus sûre de moi. J'ai de quoi parler, avec quelqu'un qui a plus d'instruction que moi. Pourtant tout est dur, le sommeil me manque et je voudrais me reposer. »

*

Tu es assise face à ta table de travail. Il n'y a plus que là que tu te supportes. Tu reprends les mélanges de couleurs que tu maîtrises, sans réfléchir, comme on fait des gammes. Par la fenêtre ouverte, une rumeur lointaine annonce l'orage. D'énormes nuages recouvrent la ville. Monte un front gris ardoise précédé d'un souffle froid qui fait claquer les battants. Les premiers éclairs libèrent les premières gouttes de pluie. Tu te lèves pour fermer les vitres juste à temps. L'eau fouette les carreaux. Le vent tombe brusquement, il est remplacé par des torrents qui débordent des gouttières. Tu allumes la lampe du bureau et saisis un pinceau. Finalement, tu ne fais pas de dessin préparatoire. Je crois que tu suis une idée. Soudain, la pluie s'arrête, le ciel au loin sur la droite est déjà clair tandis qu'à l'est, on ne distingue encore ni toit ni terre. Une nichée d'escargots minuscules s'éparpille sur les vitres dans ton dos. Le calme de leur course après l'averse, le changement de la lumière, quelque chose t'attire de nouveau à la fenêtre. Tu t'approches pour observer leurs ventres transparents, tendres comme de l'albâtre. Ils ont la fraîcheur des choses à peine écloses, tu pourrais les croquer comme de petites guimauves. C'est là que tu vois sa tête échevelée, dans le reflet de ton visage couronné d'escargots. Elle te rend visite de nouveau pour te tourmenter. Son inquiétant visage collé au carreau te saisit. Tu sens ton cœur se contracter tout à coup, puis se lézarder, comme desséché. Tes jambes ploient et, avant de sombrer, tu as la sensation que ton cœur s'effrite en un petit tas cendreux au fond de ta poitrine.

À la fenêtre, dans la clarté nouvelle, les petits escargots déploient leurs cornes translucides. Ils semblent regarder à l'intérieur de la pièce où leurs yeux myopes distinguent mal la femme évanouie sur le lit et, derrière, sur le bureau, une toile où se répandent de grandes taches rouges et bleues.

Une souris repose comme une offrande sur les marches de la réception. Alors que je l'enjambe pour sortir, elle tressaille encore en observant de son œil écarquillé le monde indifférent au-dessus d'elle.

*

Le soleil caresse ton visage. De petits chocs répétés te tirent du sommeil alors que tu termines une liste.

« J'ai déjà :
Vert tilleul
Jaune citron
Bois-de-rose
Noisette
Vert moyen
Bordeaux
Rose géranium
Coquelicot
Bois-de-violette »

Tu cherches de quel matin il s'agit. La lumière sur tes paupières fermées est celle d'automne, te semble-t-il. Dehors, les poules étirent leurs pilons. Si on s'adosse au mur avec ce soleil sur les paupières, le lierre caresse la nuque et des fourmis curieuses se glissent dans un petit chatouillement qui oblige à secouer le miel de l'instant.

Tu n'ouvres pas les yeux. Tu te ravises. Tu crois reconnaître une autre texture à cette lumière, tu y associes le grain d'un goudron, le tremblement d'un brin d'herbe, des haies de framboises mouillées de pluie.

À moins que ce ne soit ton lit d'accouchée. Oui, il faudra vérifier, quand la torpeur t'aura quittée. Mais tu crois bien sentir un petit corps serein reposant dans la chaleur de ton aisselle.

Soudain reviennent les visions souterraines. Tu as envie de bords de mer, d'eaux lisses et peu profondes, d'îlots rasants par centaines, de soleil bas et de maisons en bois. Tu as envie d'agaves, de sable, de véranda ouverte sur le soir, de balancelle et de palmier.

Les chocs persistent à la fenêtre. C'est un papillon de nuit affolé cherchant sans calcul à attraper toute l'énergie du jour. Comme lui, tes yeux cognent derrière leurs membranes closes pour absorber ce que le soleil t'offre encore.

C'est peut-être là le lit contenant la chaleur du corps aimé contre lequel tu te coules comme dans un bain, tu sens l'odeur de son cou lisse, le moelleux de ses épaules, ses mains chaudes à travers ton vêtement léger.

Le papillon s'est tu. Est-ce que ce matin est de ceux qui débouchent sur la cour de la maisonnette où se trouve une pierre plate comme un nénuphar ? Au milieu de la pierre, un peu décentré, il y avait un petit creux lisse où nous aimions passer le doigt.

L'Autre est en mer, tu n'ouvriras pas encore les yeux, pour retenir le jour lent à monter et lent à descendre.

Note de Maman : « Pour Ninette. » Emballée dans la note, son alliance torsadée.

*

Si, comme l'Autre à son tour, j'avais trouvé la porte béante en arrivant sur le palier, j'aurais su tout de suite. D'ailleurs, s'il avait levé les yeux depuis la rue, il aurait noté que la fenêtre n'aurait pas dû bâiller non plus alors que la pluie menaçait depuis l'aube. Il s'est contenté de se dire que c'était curieux. Il s'est un peu inquiété quand tu n'as pas répondu à ton nom. Il a d'abord vérifié qu'il ne manquait rien. Pourtant, il n'y avait bien sûr pas un tiroir ouvert, pas un meuble qui ne soit à sa place habituelle. Il a alors eu peur – c'est ce qu'il m'a raconté au téléphone et il me l'a répété quand je suis allée à La Rochelle le lendemain –, de te trouver flottant dans la baignoire. Mais il n'y avait rien dans les pièces qu'un courant d'air froid qui venait des fenêtres. Moi, j'aurais su qu'il ne fallait pas attendre pour commencer mon deuil. J'étais déjà passée par là.

Est-ce que l'Autre a été le dernier ? Personne n'a su le dire ni, surtout, si en plus du silence tu n'as pas préféré la solitude, puisque tu n'as jamais reparu. Trois jours plus tard, les gendarmes ont retrouvé ta voiture sur les bords de la Sèvre, à moins d'un kilomètre d'une gare. À l'intérieur, aucune trace à part celles du sabbat de quelques rats des champs entrés par les portières grandes ouvertes.

Cette phrase de Virginia Woolf tourne dans ma tête depuis quelques jours : « La première chose que doit faire une femme qui veut écrire, c'est tuer en elle l'ange du foyer. »

*

J'ai arpenté ces derniers jours des chemins qui m'ont aidée à en imaginer bien d'autres. Les lieux pourtant existent encore à peine. La maisonnette du bois est envahie de ronces et son toit est crevé. Celle de la rue de la Reine est restée vide depuis qu'elle a été vendue. L'appartement de La Rochelle a changé d'occupants.

Au bout du compte, je suis allée sur la tombe du bébé. Qui sait si tu n'es pas venue t'y recueillir un jour ? Je me suis assise sur un banc et mon regard s'est attardé sur des coquillages blanchis alignés sur un muret. Ils m'ont fait penser aux bernacles géantes qu'on trouve sur les plages du Pacifique au sud de Valparaíso. Tout est plus grand là-bas, les algues brunes épaisses comme du cuir brassées par les vagues, les moules monstrueuses qu'on découpe comme des steaks. Un monde à ta mesure, sûrement. Je me suis autorisée à y aller sans éprouver un seul doute. Là-bas et ailleurs. J'ai toujours pensé que le monde m'appartenait autant qu'aux autres, grâce à toi.

Malgré tout, les traces que tu m'as laissées, comme les miettes déposées par le Petit Poucet, m'ont nourrie sans m'orienter. Et c'est en ramassant les cailloux que j'avais moi-même semés que je suis arrivée à destination.

Finalement, la seule victime ici, c'est la fée du logis, l'ange du foyer. Est-ce que le prix a été payé ? Oui, je crois.

Note de Maman : « J'ai encore un grand secret mais celui-ci je ne le dirai jamais. »

*

Hier, avant de m'en aller, je suis repassée une dernière fois devant la maison rue de la Reine, avec ma valise. Je t'ai imaginée à mes côtés, comme tu étais jeune fille, avec tes cheveux fous, tes chaussures plates et tes chaussettes roulant sur tes chevilles. Nous nous tenions droites, devant le portillon. Les pieds joints, le corps maîtrisé. Tu regardais la façade noble de la maison et ce qu'elle pouvait contenir, les armoires remplies de cerises en bocaux et de linge. Je regardais le cours d'eau qui serpente avant de rejoindre le fleuve puis l'océan.

Le temps était doux. L'air paraissait si neuf qu'il m'a fait l'effet d'un verre d'eau fraîche. Les jardins bruissaient dans le crachin printanier comme les rochers à marée descendante. Je croyais entendre les vers creuser la terre grasse, les gouttes d'eau, une à une, tomber sur la moire tendue des pivoines ébouriffées sous la lisière du toit. Le gravier luisait doucement, verni par la pluie.

Au-dessus de ma tête, un vaste parapluie gorge-de-pigeon où les gouttelettes s'attardaient avant de ruisseler. Deux ou trois d'entre elles ont fusionné en une grosse goutte qui a roulé mollement sur la courbe du tissu. Elle a bifurqué soudain, presque à angle droit, zigzagué en suivant une logique invisible et fini par perler au bout arrondi d'une baleine – à l'intérieur, la maison ramassée sur la gauche mais précise comme une miniature. Était-ce ta tête échevelée au carreau ? Et le ciel immense en coupole –

Remerciements

Je souhaite remercier mes premiers lecteurs : Danielle Risterucci et Jean-Benoît Puech qui m'ont fait découvrir qu'écrire c'est lire et vice versa ; Samuel Maréchal, Bernard Wallet, Nicolas Fargues et Aurélie Jeannin pour l'inspiration, les conseils et les encouragements ; Violaine Faucon dont la confiance et l'amitié ont ouvert les portes ; Frédéric Mokrani grâce à qui je peux être à la fois méduse, ange du foyer, absente et beaucoup d'autres choses.

Je remercie également les éditions Christian Bourgois pour avoir compris et aimé la Hideuse, et pour leur accompagnement exigeant et bienveillant.

Enfin, Vladimir et Adélie, pour avoir déjà fait battre et se briser mon cœur dans des proportions inégalables et que j'aime dans les mêmes proportions ;

Maman pour avoir été ma première conteuse ; Papa pour avoir si bien pris soin de nous tout en ayant grandi avec sa propre Absente ;

et le cercle fidèle, extraordinaire, indispensable : frère, amies et amis toujours prêts à partager les rires et les larmes, merci.

Sources

Marina Tsvetaeva et Boris Pasternak, *Correspondance 1922-1936*, traduit du russe par Eveline Amoursky et Luba Jurgenson © éditions des Syrtes, 2005.

Claudine Cohen, *Femmes de la préhistoire* © Belin/Humensis, 2016.

Fernando Pessoa, *Le Livre de l'intranquillité*, traduit du portugais par Françoise Laye © Christian Bourgois éditeur, 1999.

Yvonne Knibiehler, *Histoire des mères et de la maternité en Occident* © Que sais-je ?/Humensis, 2000, 2017.

Jacques Chauvin, *Le Sabaron et l'Escarpin : Chaussures et métiers, Poitou-Vendée 1880-1960* © Geste Éditions, 1992.

Pascal Quignard, *La Barque silencieuse* © Seuil, 2009.

Albert Camus, *Le Mythe de Sisyphe* © Gallimard, 1942.

Jean-Paul Kaufmann, *La Trame conjugale : Analyse du couple par son linge* © Armand Colin, 2022 pour la 2e édition nouvelle présentation, Malakoff.

Nancy Huston, *Journal de la création* © Seuil, 1990.

Stéphane Audoin-Rouzeau, « La guerre est l'épreuve de vérité de nos sociétés » © *XXI*, n° 59, 2022.

Alice Munro, *Fugitives*, traduit de l'anglais par Jacqueline Huet et Jean-Pierre Carasso © éditions de l'Olivier, 2008.

Cercle royal horticole d'Antoing, *Les Loisirs de l'ouvrier.*

Emil Ferris, *Moi, ce que j'aime, c'est les monstres*, vol. 1, traduit de l'anglais par Jean-Charles Khalifa © Monsieur Toussaint Louverture, 2018.

Table

PARTIE I. Marguerite 13

Le départ. PREMIÈRE VERSION 56

PARTIE II. L'ange du foyer 69

Le départ. DEUXIÈME VERSION 100

PARTIE III. Méduse 107

Le départ. TROISIÈME VERSION 148

PARTIE IV. L'absente 153

Remerciements 187

Sources 189

Composition et mise en pages
Nord Compo à Villeneuve-d'Ascq

Impression : CPI Bussière en août 2025
Dépôt légal : août 2025
N° d'édition : 2718 – N° d'impression : 2084592
Imprimé en France